SPRINGHILL LITERATI

第二期

春山文藝

賴香吟專輯——國家與小寫的人

2

當國家只是「傳說」

推測空白

先講一個有點久遠的故事。一八七七年，清帝國進入光緒年間，因前幾年琉球漁民遭排灣族人殺害，導致日本出兵釀成軍事、外交衝突，清帝國開始在臺進行連串「開山撫番」政策，這一年為了開闢水尾（花蓮瑞穗鄉）到大港口（花蓮豐濱鄉）的道路，導致幾個原住民部落起而反抗，清廷調動各路援軍，大港口阿美族人最終不敵四散。在詹素娟《臺灣原住民史》一書，描述了這個改變阿美族人的大港口事件。

書中進一步提到，當地口傳下來的記憶與文獻紀錄不同，在耆老的述說中，族人殺官是因為遭到勞役剝削，且會特別強調阿美族青年的英勇事蹟，還有清軍曾以酒宴慰勞幫忙運米的阿美族青年，趁機閉門屠殺。此後倖存族人四散，「將關於事件的記憶深藏內心」。[1]

這句話使我想起，小說家賴香吟談及新作〈清治先生〉時說，她花了很大力氣準備、蒐集資料，試圖還原清治先生活過的時空，「藉之去瞭解在那個時代裡面，你的父親及其他的同代人，是怎麼樣地思考、生活、為難，以至於他不願意跟你再提起任何事情。」

不論是遇上清帝國鎮壓的阿美族人，還是國民政府來臺後，長期生活於戒嚴體制下的清治先生，在歷史有很長一段時間屬於國家所有後，使他們如被風化的岩石，已剝落的不復存在，只能透過專業的考掘推測石頭曾有的光景。事實上這些聲音的遺佚，也是當時體制的遺佚，過去彷彿只是「傳說」，也因為只是「傳說」，不再與現在產生關連，也不再有任何殺傷力，在大寫的國家之旁，小寫的人只能以空白的形式存在於未來之中。

穿破國家的傳說

這或許是賴香吟將系列命名為「白色畫像」的原因，〈清治先生〉是其中一幅小說肖像。從小說的線索中，我們知道蘇清治出生於一九四一年，小說從他十七歲就讀師範學校開場，一路從五〇寫到八〇年代，這是戰後臺灣最壓抑的時期。小說當中也呈現了國家的「傳說」，讓蘇清治在當兵與執教時，分別與領袖、領袖之子握手。小說沒有寫出他們的名字，但我們都知道他們是誰，有什麼樣的形象，這就是「傳說」在社會的效用。賴香吟在〈清治先生〉展示，如何以虛構破除傳說，小說的生活世界釋放了那些被壓抑的聲音，小說家以重新創造的方式臨近戒嚴體制的日常生活。

馬奎斯的第一部小說《枯枝敗葉》描述一場緩慢的葬禮，不管是影響拉美極大的香蕉公司，還是馬康多小鎮十年前遭遇的武裝暴力，都像夢境一般的存在，真實的是小鎮人民隱藏多年的仇恨，但下一代已不解其根源。小說讓這些無名者與歷史、政治三足鼎立，如法國哲學家洪席耶的《歷史之名》，他提醒歷史與社會科學的結合，將使過去的人民只能「無聲見證」，他曾說，文字理應創造出「某個任何人都能進入的開放空間，某種對位置的正常分配的重分配」。[2] 我想，這正是賴香吟與馬奎斯的文學在做的事，小說重分配了無名者在歷史空間的位置，使他們的言說穿破國家傳說代代相傳的夢境。

走下傳說的神壇

張亦絢想必非常瞭解賴香吟的企圖，她以「後者將至」的概念，解讀賴香吟的〈虛構一九八七〉等年代五書與〈清治先生〉，是在拆散國家強迫性的單一記憶，進入重寫歷史記憶的工程。黃丞儀則注意到，藉由不同角色交疊的時間感，〈清治先生〉進行它自己的文學時間考掘。文學看似能復活，也能安慰，林運鴻在解讀《讓過去成為此刻：臺灣白色恐怖小說選》時，就提及這套含括三十位作者的選集將提供一段迂迴的內省歷程，以保持著對人的好奇，重新理解國家暴力如何深入土地與肉身的血脈。但人能逃離國家嗎？吳叡人提供了政治哲學的視野，說明國家與人的演變關係，並以此想望一條可能的路徑，國家應該走下傳說的神壇。

今年一月下旬由胡淑雯、童偉格主編的《讓過去成為此刻：臺灣白色恐怖小說選》四卷本，正是由郭松棻的〈月印〉起始，以賴香吟的〈暮色將至〉壓卷，如今〈清治先生〉的出版，將標示賴香吟正如班雅明說的歷史天使，倒退著走向未來，她眼望著過去不斷堆疊的風暴，並且還要再望遠一點，那歷史的深處。

春山出版總編輯　**莊瑞琳**

注釋

1 詹素娟，《臺灣原住民史》（臺北：玉山社，二〇一九），頁一二〇。

2 引自《歷史之名》（*Les noms de l'histoire*）導讀，賈克・洪席耶（Jacques Rancière）著，魏德驥、楊淳嫻譯（臺北：麥田，二〇一四），頁xxxiii。

Contents

SPRINGHILL LITERATI 第二期
春山文藝

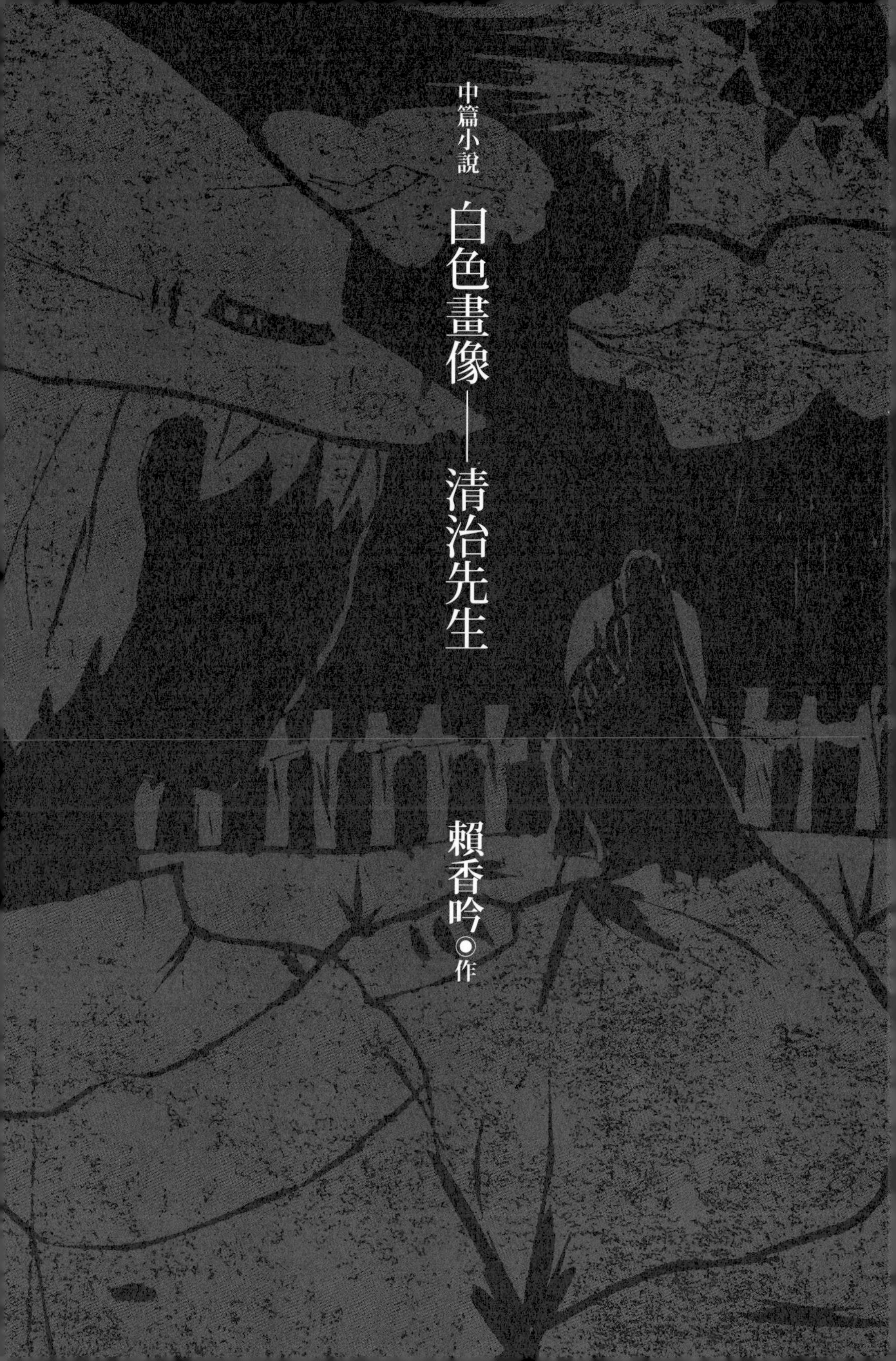

中篇小說

白色畫像——清治先生

賴香吟◎作

一九五八　病情

四月早春，景色正美，吸引著人到戶外去，他卻病懨懨躺在學寮裡的床板上，勉力讀著課程要求的《民生主義育樂兩篇補述》。咳嗽已經持續一段時間，胸口微微發痛，最初只是感到疲倦，沒胃口，不以為意拖著，直至發燒，咳痰，給學校裡的醫生診斷，說是患了結核病。

他一聽大驚。這不是死病嗎？十七歲的他，雖然生活條件極差，畢竟沒想過死。他讀過書，十八、十九世紀，不管什麼領域，總有好些被結核病折磨的名單，蒼白，發熱，咳血，斷了氣的肺癆鬼，簡直是一場白色瘟疫。

見他愣到說不出話來，醫生慈悲安慰道：「這病如今已經不是死症，你這看起來也是非開放性，放心，讀書不至於出問題。」

心上一塊石頭落地，他放鬆下來。生活好不容易走到這裡，就等著他師範學校畢業，賺錢養家，若因結核病被勒令休學，就無路可走。

「好好吃藥，估計一年半載可以痊癒，」醫生繼續說：「但要多休息，有耐心，照指示吃藥，定期接受複查。」

耐心，吃藥，這些都沒問題，使他愁苦起來的是一年半載。藥費打哪兒來？

「什麼藥？」他虛弱地問。

「鏈黴素。」醫生把藥名說得很清楚，同時抬起下巴，強調：「算你運氣好，現在總算有藥，學校也有衛生費用。」

運氣好？他不知該哭該笑。書裡總把這病寫得像是靈魂與熱情的燃燒之病，患病的人在遠離塵囂的靜養所，抑鬱而高雅地喝茶、看書、散步，但這之於他是絕無可能的境遇。學校教官本來要他回家休養，經他央求並經醫生同意，可以繼續上課，術科與軍事訓練暫時豁免，三餐食器自備。

他沒和家裡說生病的事，不會有什麼幫助，多讓父母憂心而已。倒是公費待遇，這時真是千謝萬謝，否則，以他身邊聽過、見過染上這結核病的人，狀況實在壞，不僅不得休息，還畏人嫌棄，暗暗躲在角落，低低地咳，操勞到最後一日。即使有人能耗盡家財治療，切斷幾根肋骨也不見得保住性命，生命尾聲很難說倒底是給經濟掏空的，還是給細菌蝕掉的。

他是在最後的戰火裡出生的。母親經常講述有天揹著他出外，怎樣遇著整排房屋燃燒，人怎樣衣裳著火從廢墟爬出來的可怕景象。幸好他不記得。不過，戰爭轟炸後的貧窮他可是嚐得很多，番薯籤不打緊，但番薯籤發了霉是什麼味道呢？他形容不出來，對他來說，那就是貧窮的滋味，饑餓到頂，明知發霉也會吃下肚去。

他們的村莊，雖然也算臺南，但離府城遠得很，兩三百年前，這兒根本是一片海。父親說，海水土是鹼的，米種不出來，倒是日本人種上了甘蔗。父親喜歡誇口說他是在糖廠坐過辦公桌的，可他記憶裡沒有幾個日本人模樣，懂事以後見到的父親，也總是田裡又慢又弱的那個，太陽月亮，風雨晴暑，村子裡家家都窮，大窮與小窮的差別而已。

有段時期，廟埕特別安靜，連野臺戲都不來了，偶而在中洲市集看到許多陌生人，大人臉色收斂起來，壓著聲嗓說：「戰爭又要來了嗎？」等著上學那個夏天，他和弟弟在河邊嬉玩，一部卡車停下來，幾個穿著軍服的人，揮手趕開他和弟弟，對河水撒了尿。

他們躲在樹身後頭，害怕又好奇地看著這些陌生人，腰間的皮帶是黑的，掛一把長長的東西也是黑的，那是槍還是刀，模糊的記憶裡，他一直沒有弄清楚。

回家之後，他挨了母親一頓打，說是亂帶弟弟去河邊玩，可事實上他根本不知已去過幾多回。小小年紀他也能感到那頓打罵藏著什麼他無從瞭解的事物，他沒敢問，大人也不會解釋，那些奇異的危險氣氛就此存著，伴隨著他長大，如影隨形。

過完鬼月，母親拿錢出來給他繳了套新制服，買了雙新鞋子。他滿心雀躍，赤腳跑到學校，鼓聲咚咚敲，上課，下課，課本裡有好多動物，牛呀羊呀，還有狼與狐狸，就連烏鴉、蜜蜂與蜘蛛，都來教他們愛國、孝順、別怕失敗、團結努力，他也喜歡頭髮梳得整整齊齊的音樂老師，腳踩風琴，教他們唱歌：

張燈結綵喜洋洋，勝利歌兒大家唱，
唱遍城市和村莊，臺灣光復不能忘，
不能忘，常思量，不能忘，常思量，
國家恩惠，情分深長，不能忘……

每唱到「不能忘」，音樂老師便極其優雅地做手勢要他們把音拉長、拉足。音樂老師指頭很美，美得宛若蝴蝶在眼前飛。他感覺新奇，世界鋪了條長地毯，把他從家裡邀請出來，不管是國語、算術還是常識，也不管老師鄉音懂或不懂，上課他都興趣盎然，專注盯著黑板上的字，珍惜地把書本看來看去，彷彿由中能見新世界，一個再也不要受現實困苦所限制的新世界。

如此輕輕鬆鬆便拿了第一名。給他取名字的大伯稱讚說きよし頭腦好呀，他很不好意思，其實只是因為太喜歡了。如果米飯可以跟字同樣，他想也不想一定也會吃它三大碗，吃到飽，吃到滿足為止。不識字的祖母看他在紙上寫字，敬畏地交代說，紙張上頭若寫了字，萬萬不行燒。

「惜字亭，你知嘸？」祖母把他的寫字本拿起來左看右看，彷彿上面是符咒：「這袂使(不能)黑白抨(扔)，等到撿字紙的人來，請他送去惜字亭。」

「送去遐(那裡)，要做啥物(什麼)？」他問。

「當作金紙做伙(一起)燒呀。」

「連字也會使(可以)拜喔？」

祖母慎重其事地點頭。「きよし以後若是考試，阿嬤帶你去拜文昌帝君。」

祖母認命，窮人通常認命點好，散赤（窮困）到底，連鬼也不來抓。母親可不聽這一套，若是祖母勤儉過頭，母親就偏要叫他去雜貨店賒帳買來一堆罐頭、醬菜、豆簽，讓同班女孩春鶴得跟他一起搬回來，聽見母親模仿大戶人家口吻問：「はるか，恁卡桑身體有較爽快嘸？」

村裡人都知道春鶴母親給人家做小，紅顏薄命，生著肺病——事隔幾年，他才會意過來，難不成就是學校醫生說的結核病嗎？——被安頓到他們村子來有兩、三年了，雜貨店是夫家給母女倆的營生，外頭亮，裡頭暗，暗光底處，常常都是春鶴在顧店。他走進去，眼前一黑，什麼都還不能看清楚，聽見她的聲音：「要買啥？」

一包鹽，一罐豆油，或是幾粒紅蔥頭。

女孩春鶴其實大他兩歲，但她剛來時，低垂著頭，走進他們教室。別說鄰村孩子不認識她，即使同村人也和她生疏。他生性溫順，又因成績好當著班長，春鶴若遇捉弄，難免仰仗他的保護，一雙眼睛怯怯望著他。每天從村子到學校，孩子大大小小一起走，邊走邊玩，可他和春鶴總專心一意走著，愈走愈快，摟著書包，彷彿愈走愈快樂。他快幾步，便輕輕聽到她在後面跟上。

升上高年級，男女分班，但上學路，春鶴還是跟著。有天，她叫住他，遞過來一本參考書。

「教我這個，可以嗎？」春鶴翻到算術題。

小學畢業，他拿了第一名成績，連考都不用考，直接保送鄰縣剛設的初中。春鶴雖不到保送程度，但經他教完那本初中入學考試試題集，終也考上了。

初中校園，男孩女孩都轉成大人模樣，他與春鶴隔得很遠，偶而見著也只點點頭。男孩之間，經過考試，聰明人不少，有競爭心的也多，不見得人人合得來。幾個成績拔尖的學生，就屬他最不與人衝突，包括最寡言的張光明也願意與他說上幾句話。

「你會講日本話嗎？不會，是吧？我也不會。」張光明憤憤地說：「為什麼要一直罵我們講日語？」

「老師聽不懂我們講臺灣話，就以為是日本話。」

「那他要聽我們解釋啊。大人講日本話甘我們什麼事？」

「你家裡講日本話嗎？」

張光明臉色沉下來。他意識到自己問錯問題了。

張光明是西港人，和他的村莊很接近，隔條曾文溪而已。不過，張光明出身好人家，至少以前是富的，要不是改朝換代，親戚有人失蹤有人坐牢，不至於連累到他家。張光明之前或許碰過什麼，遇人遇事若非像隻刺蝟，就是悶聲不吭。剛和張光明編到一塊的時候，他對這個人的印象就是難搞，不理人，臭張臉看翻譯小說，卻還是可以有好成績。

「他們就是喜歡嫌疑（懷疑）我。」他知道張光明的悶氣又來了，閉嘴不再勸。張光明心事比他複雜，不像他想得少，無事可想，一切出身不值一提，每年開始是甘蔗，每年結束也是甘蔗，砍甘蔗砍到手發酸，割甘蔗葉更苦，一不小心就是傷。他知道不能胡思亂想，專心，埋頭苦作就是，埋頭苦讀就是。

初中三年，無論如何，他對學習仍然充滿興趣。即使有些老師訓斥非常嚴厲，但也有幾位本地老師的寬愛讓他想家，他們雖然不凶，卻顯得那麼憂悒，和學生們一起仰頭看布告欄上的報紙，靜靜地都不說話。歷史好長，世界好大，他在課堂上感嘆，物理也很神奇，陽光可以透過玻璃起火，火焰還可以在鏡面裡倒過來，一個相反的世界，有時，他真希望，世界可以倒過來。

許多同學接下來要繼續考高中、讀大學，他知道那條路會走向更遠的地方，可是，家裡早說好了，他只能去讀免註冊費的師範學校，畢業後快快踏入社會賺錢，分擔家計。他的成績初試毫無問題，複試體檢沒有色盲也沒有疝氣，口試官還算和善，依著課本妥善回答，也就順利結束。榜單揭曉，他果然獲得公費生資格。不過，這回倒是沒有春鶴了。

春鶴母親在她中學二年時虛弱地逝去了，父親家產愈賭愈空，到最後就連那間小小雜貨鋪也沒法再維持下去。儘管春鶴期待升學，但此時她畢竟是沒有母親可依靠了。雜貨店很快轉賣給別人，春鶴中學未及畢業，便匆匆離村。

「這都給你。」他最後一次去雜貨店，春鶴把玻璃罐裡的煎餅全倒出來，抽張作業紙，包起來，遞給他。

「你要去佗位（哪裡）？」

「鳳山。」

「學校呢？」

「我阿姨講無法度（沒辦法）。」

他不知道該說什麼，甚至不知道該怎樣表現心情。雖然他們已經十三、四歲，還是受著大人的支配，不，應該說是環境的支配，且隨著他們愈長大，愈知道環境的支配才是最難的。

他們靜默著。

自那之後，他沒再見春鶴。等待師範學校開學的夏天，他留在家裡幫忙農事，甘蔗，胡麻，紅蔥，日日渾身汗臭，等到痛快洗過澡，光便暗了下來，哪兒有燈亮哪兒就飛滿草蚊子，晚餐狼吞虎嚥，夜裡青蛙此起彼落呱呱叫上一整夜。

日出而作，日落而息，每天晚上他讀幾頁《海上漁翁》：張光明送給他的畢業禮物，跟隨一個孤單而不受幸運眷顧的老人在海上漂流。以前張光明借給他讀的翻譯小說，總有好多看起來奇怪、讀起來也拗口的人名地名，搞得他糊裡糊塗，讀到前面就忘了後面。這次，他倒是清楚明白把這本書讀完了，只是一個老人，頂多再加一個少年的故事。

「我想欲去海邊。」他對張光明說：「有獅子會出現的彼款(那種)海邊。」

「臺灣無獅子啦。」

「我就講文學攏(都)是陷眠(白日夢)。」

「什麼陷眠(白日夢)？若無，咱來去七股，彼爿(那邊)有海，嘛(也)有真濟(多)鳥仔。」

暑假太長，張光明無事可做，有時去府城，回程順道來村子找他，一起去田裡幹活，要不忙裡偷閒去廟埕打球，躲在樹蔭下啃甘蔗，讀張光明布包裡的書。

「頂(上)禮拜去高雄，阮阿舅予我的。」張光明一副開心模樣，朝他眼前晃著書：「油廠一個月出一本，他有幾十本喔。」

書封寫著《拾穗》，三個頭綁布巾、身著圍裙的婦人在田裡彎腰撿拾，他想起母親，但這兒太陽太大了，母親不僅頭戴斗笠，就連手、臉都包得密不透風。他接過書，小字密密麻麻，人名奇奇怪怪。翻這頁，讀兩行，又翻那頁，看三行。

「等一下。」張光明忽然伸手，按住頁面：「你會使(可以)看這篇，同款(同樣)是一个人佮(和)一隻動物的故事。」

〈冰國亡魂〉。眼前豔陽高照，他想，冰國一定在很遠很遠的地方。

張光明繼續啃甘蔗，他耐住性子，把頁面的字繼續看下去：一個人受傷了，被同伴拋棄了，天黑了，六十六根火柴……

他的思緒如天上雲朵，緩緩散開，散開，忽而聽得蟬聲叫得響亮。好熱。「文學內底寫的，你真正當作真的？」他問張光明。

「當作真的，有啥物（什麼）不好？」張光明反問。

他一時答不出來，眼前夏日的雲，白花花地層層滾高，藍天更高。他把頸子往後仰，看天空，很美，但又不知道有什麼。

「我會煩惱。」他聽到自己這麼說。

張光明噗哧一笑：「煩惱？有啥物（什麼）煩惱？看人煩惱、做伙（一起）煩惱，不是都合（剛好）？」

「彼是故事內底的人，不是真的。」

「不是真的顛倒（反而）好。閣再講，就算故事是假，嘛（也）是真的人寫出來的。」

「聽無。」

「唉。」他聽見張光明嘆了一口氣。

師範學校生活，說起來，是他這一生到此所經歷最好的生活，紅樓美麗，連帶使他的形象也有了輝煌的色彩。全員住校，食宿免費，他念普通科，張光明能畫圖，進了藝術科。同寢室有位劉平，北部人，喜歡攝影，和他談得來。還有一位胡長宣，是從香港來的廣東人，比他們大好幾歲，人面世事都廣。他那因為家庭拮据而難免膽怯的性格，跟隨同儕青春正盛，漸漸打開來，手頭也有了點零用錢，可以沾染一下府城人吃點心過日子的情調，和張光明他們去逛書店、看電影。

世界變得好大，彷彿從課堂裡鑿了條隧道，通往更遠的地方。和張光明一起看《金字塔血淚史》，許多壯觀、異國風的大場面，使他瞠目結舌。世間之大、文明之遠，他和張光明激動討論到深夜，對於自己生在這個時代、這個地方，既感到渺小，又充滿抱負。學校附近的美國新聞處，除了有圖書雜誌，二樓禮堂還常免費放映電影。胡長宣提起幾位能寫詩的軍人，常在中正路哪家咖啡廳出現，張光明聽了，急著要去碰運氣。

然而，咖啡廳播的〈*River of no return*〉，聽到歌詞都背起來了，依舊沒有見到什麼詩人。張光明不死心繼續讀他的書，累了，便幫他們畫素描。劉平湊過去看幾眼，說：「改天，換我來給大家拍一張真的相片。」

「這也是真的呀。」張光明不以為然：「用畫的才有詩意。」

「寫真也有詩意呀。」劉平特意用了日語。

詩意是什麼？他覺得這詞很美，似懂非懂，只能微笑看張、劉兩人鬥嘴。張光明嘴刁，劉平爽朗，正經時候和張光明一樣瘋瘋癲癲說攝影就是要捕捉真、捕捉瞬間，不正經呢，就吹噓西門町的咖啡廳要多黑就有多黑，黑到你想幹啥都行。劉平每回臺北就會帶幾張洗好的照片回來吹噓，也把攝影雜誌借給他看，裡頭的人物、街景，真不知是怎樣拍得的，他常暗暗地看，暗暗地著迷。有些肖像或模特兒擺拍，讓他想到女孩春鶴，不，現在應該是少女春鶴了，他想像少女春鶴斜倚著自行車，或是樹下，一定很美。

我已在這兒坐了四個下午了
沒有人打這兒走過——別談足音了

張光明對翻譯小說退了燒，迷上對他來說更難理解的現代詩。〈水之湄〉，張光明說作者名字叫葉珊。他看著「湄」字發楞，那是水邊、岸邊的意思吧？他腦海裡浮出農田裡的水路，那該叫什麼？圳或溝？他從來沒用過「湄」這個字，也沒碰上什麼機會可以用這個字。

四個下午的水聲比做四個下午的足音吧
倘若它們都是些急躁的少女

水聲比成足音，足音又比成急躁的少女。他確定自己的腦袋無論如何沒法生出這樣的比喻。不過，少女春鶴倒是曾跟他走過田邊的池塘，他心上記得她的足音。

鳳山是怎樣的地方呢？他沒去過，也沒有少女春鶴的住址，若有，現在的他想給少女春鶴捎去一信，他是個青年了，僅僅只是寫一封信，沒什麼不可以的。

就在他斟酌著怎樣打聽少女春鶴的住址，怎樣給她去信的時日裡，竟是他收到了來信。

清治學兄，各奔前程，人生真是意料不到，你知道我現在在哪裡嗎？臺北！我到鳳山之後，工作、升學都不如意，看報紙有國防部女青年工作訓練班招考，便去考了，也很幸運錄取，現在人已在復興崗!校地很大,聽說原來是個跑馬場,我在這兒受訓四個月,每月可領薪水九十元,以後去部隊服務,做廣播,教注音符號與國語,說起來也是一種教育工作。

少女春鶴的字寫得很漂亮,和印象裡她兒時的稚氣筆劃很不相同。她還寫了學校裡的戲劇、唱歌、舞蹈課程,說一開始很不好意思,現在卻是很期待了。

你相信嗎?以前那個默默跟在你後面去讀書的我,現在竟然可以站出來教人唱軍歌!當然,我是拿出勇氣,因為這是為著以後到軍中慰勞辛苦的官兵所準備的。你一定也想不出我拿槍的模樣,學校有打靶射擊的課,是真的趴在地上,銃子飛出去的時候,肩膀會撞得很痛呢。

他的確很難想像,那個坐在雜貨店深處的少女春鶴,默默走路的少女春鶴,這樣興致勃勃說話,會是什麼神情?更難想像少女春鶴會站上舞臺唱歌、踩汽球、帶康樂活動?

他給她回了信,對她的轉變表示驚訝,當然更表示贊同。然後,他也介紹了自己的師範生活,說可以領獎學金,現在很迷攝影,會借同學相機到孔廟去拍照,正想努力存錢,看看能否跟反共服務社郵購相機云云。

他沒說的是,看著相片裡的模特兒,他想到過她,少女春鶴,在水之湄。結尾,有禮的語言。出路。望自珍重。之類。

信寫得拘謹，但真寄出去，心臟撲通撲通跳，臉頰也跟著熱起來，使他憂心病情是否又起。下午實習課免上，他強迫自己躺下來休息，腦海雜念仍如野草，隨風搖來搖去。望著臨床室友枕邊的聖書，每晚睡前，室友就算沒時間翻讀，也要摸摸書皮，然後低頭默禱。他問他唸些什麼，他便教他：

「恁早早起，晏晏（晚晚）睏，食勞祿所得著的飯，亦是空空；耶和華疼愛的人，伊欲互（想給）伊好睏。」

恁早早起，晏晏睏，食勞祿所得著的飯，亦是空空……

他學著唸，可是，不識聖書的他會是耶和華疼愛的人嗎？

室友堅定地點頭，回答他：「你要思念神的事，毋但（不只）是思念人的事。」

見他猶疑，室友繼續耐心勸慰：「耶和華有慈愛，伊有豐盛的救贖，你的心要聽候（等候）伊，要向望伊的話。你若得著它就是得著生命，整個人也得著醫治……」

得著生命，得著醫治。這話講中了他的心。他坐起身，取來聖書，翻開：

> 用至高者上帝做避難所的人，會徛起佇（倚靠著）全能者的蔭影下。
>
> 伊對上主講：「你是我的避難所，我的堡壘，是我所倚靠的上帝。」
>
> 上主欲救你脫離當鳥仔的羅網，及致命的瘟疫。

臺灣話原來可以這樣寫，他沒看過，但一讀也就懂了。可是，話裡內容依然不很明白。鳥仔的羅網？是說人只是隨時會被抓捕的鳥兒嗎？他依然喜歡讀書，世上太多事事物物勝過他，去年的公民老師也是信徒，常常勸慰他們說領袖亦是日日以經文修養精神，我們要憑信前進，收復河山。

他繼續捧著書，以賽亞、撒母耳、以斯拉、耶利米、但以理、路得、約拿、彌迦……翻這頁，讀兩行，又翻那頁，看三行，小字密密麻麻，人名奇奇怪怪，他似乎又跌進翻譯小說的迷宮。直接跳到最後。啟示錄裡羔羊、白馬、紅馬、黑馬、灰馬，還有兩隻十支角、七個頭的紅色怪獸，一隻像龍，另一隻像豹像熊又像獅子，他不知為什麼這些代表什麼，但光怪陸離讓人刺激又驚惶，地燒成火、海變做血的異象也太可怕了……室友說耶和華喜愛所有小孩，小孩不怕這些末世恐怖、血呀死的嗎？抑或，每種宗教都有警世的一面，就像道教裡牛頭馬面捉拿亡魂，也很嚇人……

他打住念頭，覺得自己無頭蒼蠅般在迷宮裡亂飛，恐怕還死之將至。他討厭這種感覺，不管病不病，都決定出去外頭換心情。他進了圖書館，把《民生主義育樂兩篇補述》讀完，又趁人少拿了平常熱門的《自由中國》雜誌。紅樓鐘聲響起來，他走去體育室，已有不少人在裡面。

劉平和胡長宣在打桌球，張光明捧著一本薄薄的《藍星》詩刊。

「你來得正好。」劉平邊擦汗邊說：「我們在討論選什麼地方照相。」

「照什麼相？」

「上次不是約好了？」

「合照。」張光明補一句。

「我這個暑假回去，不保證會回來喔。」

劉平說當老師無聊，想走別的路。差一年就要畢業，不念完嗎？他說不上是訝異還是羨慕，原來別人腦袋裡還有別的選擇。

「他想給大家都拍張照片。」張光明說：「我呢，打算來做一份詩刊。」

詩刊？張光明愈來愈迷詩，《創世紀》、《野風》、《藍星》，不知怎樣買來的，還參加函授文藝雜誌，打算開始投稿。星星為什麼是藍色的？他不會這樣問張光明，可張光明要他寫詩未免太不可能。

「沒要你寫詩，詩都我來寫。」張光明笑了。

原來，不過是讓大家都寫點回憶，糗事也行，做個紀念而已。張光明自己，已經寫妥幾首詩，他說這就是他送給大家的紀念。

「你看出這兒的意象嗎？雪與火，冷對熱，白對紅，然後是露水與青草。」張光明陶醉地說：「你不覺得，光看這些字就像已經聞到了氣味，看到了顏色？」

張光明想把〈水之湄〉印在扉頁，他說他喜歡這首詩的男孩氣。

「四個下午，剛好就是四個我們。」張光明說：「四個下午的水聲是少女的腳步聲，四個寂寞裡的人像湖邊的小船繫在一塊兒，你說，這不是很美嗎？」

「你看，這幾個字排在一起，多美。」張光明愈來愈沉浸在文字裡，如泡在酒裡一般，茫茫而快樂：「你看，多勻稱，簡直美妙的女人。」

赤裸裸的形容，張光明素描本的女體，光看光聽都足以使身子熱起來。他不完全能夠理解張光明的快樂，可像張光明這樣的人，能快樂是幸福的，他這樣替他想。

然而，詩刊後來終究沒成。除了是他拖延寫不出來，也是張光明拿了詩文去向俞老師報備。明明俞老師平日很鼓勵人多讀書多寫作，也讚賞過胡長宣與張光明，可是，這一回，卻不知為什麼激動了起來。

「什麼象徵，什麼幽靈，唉，」俞老師紅筆圈圈點點，責備他們說：「你們這些本地孩子就是不知道亡國痛，大陸怎麼淪陷掉的，你們知道嗎？」

少女春鶴的回信在那之後來到。這回筆跡倉促，說是在高雄五塊厝，不久將分發臺南第四中隊，六月移防金門。不確定什麼時間可以外出，但若有機會，希望回村子看看。

他不是很明白她話裡的意思。是要約兩人能否見上一見嗎？他忽然退縮起來，六月又值學校期末測驗，思來想去，決定回信坦白說明自己的病情，這幾個月甚少回家，但若她能事先告知回村的時間，他或許可以安排看看。

然而，直到期末測驗結束，皆未收到春鶴覆信。倒是劉平煞有介事真要拍照。四人整齊穿上制服、青春戴帽，選定學校紅樓前的琉球松，如同代代青年，在最好的年紀留下合影。「喂，各位，準備好了？」劉平舉手，高喊：「哪天誰不見了，記得這張，來——」

咔嚓。他不確定自己真聽見了，抑或只是想像？對焦、景深、光圈、快門。咔嚓。他喜歡那個聲音，世界留給他們，一秒鐘也好，然後，繼續轉動。

暑假回家，他什麼都沒說，幸而病情已經緩和，真止不住咳便盡量躲開。以前春鶴家的小雜貨店，現在擺個飲食攤，賣些蚵嗲、鹹粿、地瓜之類。他特意去了幾次，沒聽說春鶴回來的消息。直到去市區買藥，繞去學校收信，才發現月前春鶴已經來信：

隊伍更動，無法回村，改去高雄探望阿姨。下禮拜，中隊將輪調金門，坐飛機去，會緊張，但也很期待。聽說外島缺水，也缺青菜，不過，現在的我，已經習慣團體生活，就算怎樣克難，只要和姐妹們在一起，就會共度難關。

夏天這樣過去，獎學金丁點不剩，不再做什麼買相機的夢。八月提早回學校，也從西港回來的張光明，特別給他帶上羊奶與雞蛋。劉平果真沒來註冊。意興闌珊地開學，不幾天，傳來金門炮戰消息。他心上一揪，驚覺時事如此近身相關，少女春鶴難不成正在炮火之中？

校園、社會氣氛極速收緊，收音機裡的音調不斷提高，說對岸魚雷如何擊沉我方船艦，國軍如何反擊，落彈高達幾萬發，造成多少官兵死傷。常在外頭走動的胡長宣說車站前發傳單說要準備作戰，就連電影院裡的標語也換了。全省各處發起支援前線運動，學校裡也加強軍訓，可他就是沒有少女春鶴的消息。

初秋，處處死守堅決氣氛，但他漸漸復原。醫生給他照了X光，肺部上有白點。「這叫作鈣化，是痊癒的表示。」醫生不知是把他當成大人，還是專業使然，解釋得很仔細：「白色是被結核菌破壞的組織，已經鈣化成瘤，這個是無法復原的，不過，不至於再有病情。」

進入十月，單打雙不打，政府聲明絕不與中共和談。張光明不知和什麼朋友偷偷摸摸聽了《告臺灣同胞書》，回來貼著他耳邊說：「人家戰帖都下了，說什麼美國人總有一天肯定要拋棄臺灣的，現在這樣下去再打三十年，也不是什麼了不起的大事……」他愈聽愈發冷，簡直要起雞皮疙瘩，他阻止張光明別再講下去，但是「金門軍民，供應缺乏，饑寒交迫，難為久計……」幾句話還是鑽進了他的耳朵……

他沒有少女春鶴的郵寄地址，連部隊名稱也不確定，直到在廣播裡聽到女青年工作大隊由金門戰地回臺的消息，算算春鶴赴金門的時間，或許就是這支隊伍。報導口吻極端熱烈，彷彿歡迎英雄歸來。他開始等待少女春鶴的來信，心想這次一定要好好回信，不要怕寫太長，要安慰她，無論如何，安全回來就好。

然而，春鶴沒有來信，也沒有出現。

他漸漸擔憂起來，難道，那個少女，就這樣音訊全無地喪送於時代之中嗎？

清治學兄平安，我在新竹寫這封信，生活平安，勿念。

抵達金門，本是從事教育康樂，想不到，炮彈落下，風雲變色，我很快加入救護支援、幫官兵寫家書報平安，後來又因為通閩南語，被長官轉派心戰播音，向對岸介紹寶島生活。炮戰最激烈的時候，和官兵們擠在坑道避難，又聽說共軍要登陸，心裡雖然不安，不過，看別人受傷不退，堅強愛國，敬佩都來不及，哪敢退縮？後來，經國先生、俞大維部長不顧性命危險，親臨戰地視察慰問，更是鼓舞了我們的精神。

十月輪調回臺，我回去鳳山幾天，又再調來新竹。有幸從炮火中生還，很多想法和以前不同，而且，不瞞您說，經歷生死與共的生活，我在那兒找到互相照顧的對象，您知道我是已經沒有母親的人，所以決定申請調回金門，若是順利，下個月就會輪換。這幾年，沒機會和您見面，真可惜，我感謝您以前對我的照顧，也希望你可以為我祝福。

他在冬至前收到此信，南部冬寒不多，但總有那麼幾天，露水會凍到鑽骨。

原來少女春鶴是留在了金門，沒有回防。他當然意外，但又可以理解。危難情勢，身邊有人互相照顧，是多麼可貴。即使是他自己，也會被打動的。回想過去幾個月，最不舒服的時候，若非學寮裡還有其他人噓寒問暖，他真會受不了自己的孤單而自怨自哀起來……

天暗得比較早了，他獨自一人在校園裡散步，劉平不來了，張光明老往美新處跑，胡長宣有了戀愛對象……

我已在這兒坐了四個下午了
沒有人打這兒走過——別談足音了
（寂寞裏）
鳳尾草從我足跟長到肩頭了
不為什麼地掩住我

（寂寞裏），張光明唸詩的模樣，一次、兩次、三次留在他腦海裡，（寂寞裏），以前他不懂為什麼這首詩裡的寂寞要加括號？現在，似乎有那麼些懂了。

鳳尾草，他知道，是一種經常從磚屋縫隙長出來，陰溼而普通的野草，但他讀不出鳳尾草從足跟長到尖頭，有什麼意義？是時間嗎？是青春期的孩子，忽地不留神，就竄高了嗎？

鳳尾草和水邊又有什麼關係？他不記得是否看過鳳尾草在水之湄，要有，高到肩頭的鳳尾草，一定很荒涼吧？

寂寞裏，寂寞裏。他感覺寂寞從括號裡跑了出來，風一吹，跑進了他的腦袋。

「啊，你懂了！」張光明往往會在這時，眼睛一亮，豎起食指，指著他喊：「你這就是懂了！」我才不想懂呢。他負氣地跑起來，跑過長廊，跑出紅樓，直到看見罵過他們的俞老師，從校園另一側走過來。

他停住腳步，不敢再跑。俞老師一如往常駝著背，手提黑布袋，應該是要回宿舍去。他站著，喘著，安安分分等俞老師走過，敬了個禮，然而，俞老師似乎兀自想著什麼，並沒有看見。

一九六五　家書

七月盛夏，在火車站聽人說，美援到這個月就停止了。麵粉，棉花，都不會再有嗎？他想起早餐才吃過的饅頭。兩個拿著報紙談話的人似乎是做生意的，以不在乎甚至故意神氣的大嗓門，說著小麥與磨粉機的事。

他搭十點零八分的火車，由臺南出發，下午兩點半抵達臺中。下車後，隨即到清泉崗裝甲兵訓練中心報到，時間已經接近五點了。

報到後，就借住訓練中心的營房，也跟這單位搭伙，上面發給他們每個人每日加菜金五元，伙食應該會不錯吧。

結果，葷素三菜一湯，米飯煮糊了似的，不能說比臺南勝上幾分。

吃過飯，尋得床鋪，稍事安頓，還不急著讀書，先給妻子寫去家書。過去兩個禮拜，大兒子病著，妻子本來期待他能有假回家幫忙照顧，不巧營裡面他接了值星，假日人人都要外出，無法請人代理，接下來，禮拜三虎山實彈射擊，禮拜四期末總考試，禮拜五行軍，禮拜六結訓，沒有一天能夠外出。好不容易等到昨日回去，孩子是好了些，妻子臉色卻十分難看了。

昨夜因為妻子的眼淚也沒能好睡。他能體會妻子獨處的空虛、寂寞和恐慌，但這又有什麼辦法呢？他只能故作堅強，做出男人模樣，跟妻子說：「我希望妳能慢慢的堅強起來，慢慢的習慣於這種生活。」

這話非但沒起效用，還惹妻子失望而更惱怒。

大清早動身，他知道妻子已經醒了，只是倔強不肯動靜，或是不想讓他看見哭的模樣。他佯裝不知，摸摸溫睡中的孩子，拾了軍旅袋出門。村落幾聲雞啼，村人們大半還沒醒，他走好大一段路到市集等車，心中本是百感交集，但才進營區，隨即接到派令，什麼反應也來不及便出發到此了。

一九六五年七月一日

生在這個時代裡的，都是不幸的一群，尤其是年青的一代，但怨恨誰？上帝？環境？都是無濟於事的，只能既來之則安之，既生於這不幸的時代，就必須挺起胸來承受時代所賦予的艱鉅考驗，你能退縮，你能躲避而被人恥笑嗎？不，不，就是你想退縮，你想躲避，也是不行的。

對這當兵所造成新婚生活的別離，我是表現得夠堅強了，我在心裡築起一道堤防，硬把一切痛苦往肚裡吞，表面盡量裝作不在乎，所以我不流淚，我不哭泣，我也不怨天尤人，可是妳呀，為什麼要用妳的柔情，用妳的淚水來束縛我，來崩潰我心裡的堤防，難道我是很歡樂、很高興地別離了妳嗎？

清泉崗在臺中市西北方，緊鄰大肚山，上千公頃土地，號稱遠東第一大空軍基地。以前陸軍裝甲兵部隊訓練中心，就是看中這兒腹地廣闊，適於坦克戰車訓練，選在這裡復校，誰知飛機起降頻繁，噪音影響教學，又陸續移往新竹湖口，因此，當他來到清泉崗的這個時候，已經感受不到昔日陸軍在此精實的氣氛，營區雖特設陸軍訓練部政治考試集訓班，但其實談不上什麼訓練，也沒有教官來上課，不過是留給他們一個專心研讀的時間罷了。

當兵以來，這是他第二次來臺中。上次是代表砲校中心到臺中預訓部參加考試，當時來自各地共有一百五十人，結果，今天能再到清泉崗來集訓的不過是二十人。在砲校中心同來考試的五人裡，他的成績是士官級第七名，另有兩人分屬第十二名、第十六名，餘下兩人則未錄取。

建國必先建軍，建軍必先健全政工。打從剛進部隊，上頭便發下厚厚一本教材，三民主義、政治常識、精神教育、領袖訓示，皆收錄其中。每月也有巡迴各連隊的教官隊搭著吉普車來，再怎麼枯澀的內容，他們也能講得口沫橫飛。

「政戰教育是做什麼的？為什麼要有政戰教育？我來給各位講個故事。」

「民國三十九年大膽島戰役，蔣部長曾與美軍顧問前往金門醫院視察傷兵。當時，部長就問美軍顧問：這裡面有我們的傷兵，也有敵人的傷患，你能分辨出來嗎？大家衣服穿同樣，膚色也一樣，這西方人當然分不出來囉。於是，蔣部長就利用這個機會對他曉以大義，我們和共匪打仗，不是因

為膚色、文化不同，而是因為思想與信仰嚴重歧異，這個呢，光看表面是分辨不出來的。所以，我們需要有專職機構來負責政戰工作，防禦敵人的滲透與分化，因為，我們的敵人非常擅於偽裝，狡猾而且欺騙……」

「戰爭有兩種，一種有形，一種無形，無形的戰爭就是政治作戰。各位身為軍人，對無形戰爭必須有所警覺，隨時保持思想武裝，尤其是對本國歷史文化欠缺認識，沒有親身受過共匪迫害，以致仇匪心理淡薄的臺籍新兵們，更要深刻培養國家民族概念，同仇敵愾，要知道，反共抗俄戰爭與你們的身家前途，不是沒有關係，而是大有關係……」

不是沒有關係，而是大有關係。他聽到臺籍新兵那幾個字，難免緊張。國民學校唱〈臺灣光復紀念歌〉，他長大後懂了幾分，師範學校時期，和朋友們也是有議論的，不過，初生之犢不畏虎的青春忽地一下子就結束了，若非成家立業比老虎還威猛，就是他這隻牛已到勞動年紀，每天除了吃睡，只能乖乖拖犁耕田。從入伍開始，各種規定，他都盡量努力，求個政治教育好成績以獲得榮譽假，他可說為了能多回家幾趟，看到妻子笑臉相迎，而拚命做個好兵，也希望砲校中心留用教育班長，自己能被看上，畢竟這兒離家近。

通過幾次大大小小考試，輔導長果然注意到他，把他叫到辦公室。

「你表現不錯，繼續保持，繼續努力。」輔導長讓他坐下來：「要說政戰工作，重要歸重要，但實際上很難做的，像我這位子，又要維護部隊紀律，又要讓間諜無可乘之機，你說費不費心？蔣部長說政戰人員要吃人家所不能吃的苦，負人家所不願負的責，冒人家所不能冒的險，忍人家所不肯忍的氣，哎呀，這是說到我心坎裡了。」

輔導長搖頭晃腦笑起來，他沒敢亂答話，只點頭。

「我看你有潛力，我們來加把勁，把認識再深刻點，看能不能進到國防部的政治大考？有了程度，也可來協助我辦理業務，屆時操課、構工可免，還派一套辦公桌椅給你。」

如此，他便一關一關來到這兒，操練全免，關室研讀，為的是挑戰下一關陸軍總司令部的考試。若能再考取，便再往上參加國防部的國軍政士考試，那是最後一關，也是最高榮譽。

「不過，要當一個政士，可不是件簡單的事喔。」輔導長送他走出營區的時候，特別提醒他不要驕慢：「去年中心也有個班長，過五關斬六將，連考上去，但到陸總部那關，還是被刷掉了。」

七分政治，三分軍事。他讀得很多，滿腦袋都是鏗鏗鏘鏘的方塊字，讀累了，就給妻子寫信，妻子不懂鏗鏗鏘鏘，也不需要懂，她只希望他有假。黃昏時刻，他從營區遠遠可望海面夕陽餘暉，實在想家，如果能像新婚初始，那樣挽著妻子的手，到安平海邊散步，多好啊。

一九六五年七月三日

到此已是第三天，一切似乎較習慣了。

在這兒起居生活，除用餐時間，其餘全部自己支配，早上起床並沒限制，不過在軍隊習慣了，一到五時，就再也睡不著，妳幾點起床呢？

七時吃早點，還好，加了一顆鴨蛋，不過饅頭可沒砲校中心的好吃。中飯十一時五十分，下午五時五十分開飯，雖說加了五塊錢營養金，但菜色不見得很好，也許是幾個人的伙食不好辦，也許這裡的伙食根本辦不好。

> 家中現在沒有什麼事情吧？臺南初中聯考已舉行，未知本屆考得如何？到底是我教過的學生，還是關心的。還有三弟，不知考得好壞？但願他今年能錄取，別再名落孫山。
>
> 離家這麼遠，不但平時不能溜回去，連假日也不得回家，真懷念！好在退伍日子快到了，到時就不怕再分離了，對否？笑一笑！

回想與妻子結婚以後的生活，並沒有太大的不愉快，偶有吵架都是因為家庭裡的勞務，尤其是與母親的不和。兩個女人脾氣都硬，他勸說沒用，常換來更勞累的結果。

師範最後一年，他的成績可以去很多地方，可是父親說：「填志願，就是臺南，臺南，臺南啊。」他很認分，連府城都沒去，就留在安南區。

畢業第一個月領到薪水，才回家，母親便立即伸手收了去。

接下來就是結婚了。

媒人介紹對象，事前全不相識，但兩家父親牽起來竟然是日本時代的公學校同窗。媒人說，岳父一聽到父親名字，就毫無疑慮說：「建元兄喔，伊是我那班最勢（擅長）讀冊的，若是伊的後生，一定沒問題。」

如此，事就成了。

學校同事陪他一起經過市場，偷看未來的新娘。青春正盛，男女怎樣都標緻。他說不出心裡什麼感覺，緊張當然，又談不上小鹿亂撞、衝動、暈頭暈腦之類，比較是新奇吧，一步一步走向做為一個成年人的自己。

新婚生活總有甜蜜，然而結婚不能持家，或者說，要持兩個家，讓妻子漸生怨言。妻子婚前跟著岳父賣菜，圍裙口袋鈔票出出入入，錢是管慣的。他是長子，雖說成家，仍得幫忙扶養弟妹。每月發餉日一到，他下班還沒進屋，便見母親坐在門前等著。兩個女人計較金錢簡直如同作戰，絕少務農的妻子視下田為畏途，一日比一日難過，岳父觀念是嫁出去的女兒潑出去的水，不能回娘家吃豆仔魚（告狀），妻子情緒難免潑灑在他頭上。學校、家庭兩頭燒，雖然可以保送師範大學，但父親妻子都不想他北上，直到教員義務期滿，妻子有了身孕，緊接著，必須入伍服役。

妻子哭得淚人兒，他身不由已，當兵是義務，他能怎樣呢？當兵且靠運氣，今日調到哪兒，明天去哪兒，也不是他能選擇的。他只能盡可能一封信、一封信報告，字裡行間說些情話、安慰妻子忍耐。

一九六五年七月八日

母親雖然有點囉唆，但那是上一代人了，自古以來上一代和下一代都在不停鬧著意見，對於母親我並沒有什麼方法可想，有的只是請妳忍耐一點，說對說錯全不去管它，因為她可說是天，而我們呢，是地。希望妳多謹慎，多細心，外出時告訴她一聲，她身體不舒服時，多請問幾聲，早、晚餐多叫她幾聲，遇到她發脾氣，冷言冷語，都把它當作沒有聽見，回答她的問話，別把那些開玩笑的字眼順口說出來，也別因為妳心中生氣而口不擇言回答她，她待妳怎樣，也千萬不要向外人講。總之一句，就是一切順從她，不要去違反她，對於她的一切言行，一切當作對的去想。

我希望妳可以諒解我，畢竟她是我的母親，我對於她也不能有絲毫的反駁，妳說是嗎？

在這兒除了吃飯時間，就是用在讀書，雖然上面並沒有監視你，教你非讀不可，但大家都很用心地研讀，別無任何消遣，就連看報也成奢侈的享受。

生活環境不錯，可惜的是缺乏水，洗澡是一大問題。樹木相當多，樹上小蟲也不少，尤其是那種身體紅紅的，長有一些毛的小蟲，假如讓牠爬在身上，就會發癢，紅腫，真是不幸的，昨天不知在那兒讓牠爬上了，整個右手癢得很厲害，不舒服了一整天。還好，今天買了一些消毒片吃了以後，已經漸漸好了。

等了幾天沒有妻子來信，他約莫猜得出來，因為說了母親又惹她生氣。直到清泉崗這兒的訓練時間就快結束了，卻來了通知，說有封報值掛號信。

他來來回回跑遍營區，先按交代去找這兒的連長領，但連長外出。找副連長，答不知道；一會兒，又要他去向政戰處領。

賴香吟專輯

國家與小寫的人

他去到政戰處，主辦人已經下班，只得耐著性子，等待一晚。

隔天一早，吃過早餐，即去政戰處，這回主辦人在，卻說信已由連長代領走了。兜一大圈，還是回頭找連長。實在傻，偏偏還四處找不到人。他有點火氣。壓著等到下午，才在營區辦公室找到連長。一看，原來是妻子來信，附了現款一百五十元。

他在信上說了買消毒片的事，妻子掛心他身上沒錢。

一股氣至此也就消了，心內略略平靜下來。這幾天常感氣悶，大約成天看書，吃不消。有時想，就別看了，休息一下，但看別人又那麼認真，只得繼續拚命。一天一天過去，除了看手錶勉強知道幾號幾點，外面社會消息、天氣怎樣，一概不知，簡直如同隱居。回想剛開始被挑中代表參加測驗、心得報告，以為幸運，可免曬太陽出操，現在卻反而覺得操練也好，至少有人互動，說渾話……

「給我們考個國軍英雄政士回來吧！」出發前，不僅輔導長，就連連長都跟他拍肩打氣：「屆時整個營區也會沾光，受到表揚呢。」如此一想，他便再緊束起來，無論如何，能到這兒來是莫大的榮譽，各單位對考試成績斤斤計較，他就算不當英雄，也不能當罪人。

做幾個深呼吸，轉轉脖子，扭扭腰，活動活動筋骨，他繼續埋頭和教室裡其他人同樣讀書：

——文藝運動須以三民主義與倫理、民主、科學為方向，貫會中西文化之所長

——第一，是發揚民族仁愛的精神。

——第二，是復興革命武德的精神。

——第三，是激勵慷慨奮鬥的精神。

——第四，是發揮合群互助的精神。

他一邊讀，一邊寫，領袖年初訓示的國軍新文藝運動十二項推行綱領，得牢牢背進腦袋裡去才行。

——第五，是實踐言行一致的精神。
——第六，是鼓舞樂觀無畏的精神。
——第七，是激發冒險創造的精神。
——第八，是獎進積極負責的精神。
——第九，是提高求精求實的精神。

他再度站起來，走來走去地背，搖頭晃腦地背。

——第十，是強固雪恥復仇的精神。
——第十一，是砥礪獻身殉國的精神。
——第十二，是培育成功成仁的精神。

他坐下來，把全部十二條，重新整理一遍：先講民族革命抽象大精神，再講個人小我該怎麼做，最後，雪恥復仇，獻身殉國，成功成仁。

這是他強理出來的邏輯，幫助自己記得牢，也不至於背錯條目。從師範學校的軍訓課以來，他就是這樣做，那時內容甚至還比當兵入伍後的政治教育再難一些。張光明和劉平當年為了想遇著軍中詩人而頻頻上咖啡廳去，他那時很納悶，怎麼軍人拿筆也拿槍的？直至入伍，才瞭解原來反共復國，文藝亦是戰鬥的一部分。

「當年就是因為未察文藝工作之重要，導致軍隊內部組織無法團結、精神訓練失敗、軍心動搖，才把大陸給丟了。」他格外記得有位教官，在臺上，雙手展開，宛如布道般說道：「現在，我們要從文藝進行思想上的反攻哪。」

張光明現在在哪兒呢？應該和他一樣在哪兒當兵吧？這下，軍中文藝刊物應該夠他看了，張光明會去參加國軍文藝徵獎比賽嗎？雪恥復仇，獻身殉國，成功成仁。他把這幾個字再看一遍，好像有點詩意，是的，張光明講詩意，可這是要上戰場的，戰場哪能談論詩意，要有詩意恐怕是接近死的時刻了……

他有點迷糊了。精神，精神，精神，十二項精神。再背一遍。結婚前，他曾經寫信到張光明的舊家去，希望他來村裡吃喜酒，可是，石沉大海，婚禮除了親戚與新同事，一個師範同學都沒有……

精神，精神，精神。腦袋不聽使喚。看看手錶，原來已經接近熄燈時間，他拿出紙筆，快快給妻子覆信，說已收到現款，交待即將北上考試，莫再來信清泉崗。家中事情，只問兒子長得如何，其他不再叮嚀。

七月二十二日，帶著長官和同袍的激勵，他搭車北上，到陸軍總司令部參加國軍政治大考。臺北路面很寬，陽光沒有臺南熾豔，卻感覺熱。

七月二十三日，考試結束，腦袋清空。他毫不耽擱地回了臺南，妻子這回笑臉，孩子的病也好了，啊，真好。

三弟考上職業學校，學些財務會計知識。自己任教的班上有幾位孩子考進初中，其中一位學生媽媽知道他回來，帶著苦惱來謝謝老師。他安慰那媽媽說，窮人家的孩子，想從命運翻身畢竟靠讀書，雖然眼前籌錢辛苦，但難得孩子能讀，大人就盡量牽成吧。

七月二十五日，提早吃過晚飯，回營報到。

七月二十六日，早上六點，宣布考試結果，當日旋赴臺北陸軍指揮參謀大學報到。

一九六五年七月二十六日

我已再度來到了臺北，沒有人可以預料得到，也沒有人敢於預料，我通過了陸總部的政治大考，而被選拔到此，準備參加國防部的國軍政士考選。

昨晚離家後，回到砲校中心立即向指揮官報到，當時，關於考取與否或其他情形，尚未報到中心來。不過，今早六時多，政戰主任就通知我錄取了。聽到消息時，一方面高興，一方面又惆悵。高興的是我終於考取了，惆悵是又要離開妳，且離得那麼久，那麼遠。

早上，照樣坐十點八分的普通車北上，到臺北已是七時，再抵達參謀大學報到，已將近九時了。參大位於臺北圓山附近，環境異常優良，一房住二人，每人一桌一椅，一盞日光燈，一個書架，一張彈簧床，還有一個小型衣櫃及鏡子。到底還是大學的設備好。浴室設備齊全，廁所亦很方便。總之在這兒一切良好，只不過是離家遠了點而已。

在這兒要集訓到八月中旬，國防部的會試可能在八月二十日，剛好是我退伍的那一天。考完後，就可直接回家了。關於退伍應交還的東西，凡現在能交的，我都已交還給公家，退伍手續也已經找好代辦的人。所以，雖然到此受訓，並不會影響到退伍的日期，只是從現在起，要等到退伍時才能再相見。未免難過，但忍耐點吧，再見時，就是永遠相聚的時候了。

錢的花用，這兒就是研讀集訓，應該不會用得太凶。今早指揮部發給三天旅費一百五十元，營部慰勞五十元，而且，因為考取，預訓部會每人發給五百元獎金，陸總部每人發給一百元。雖然獎金尚未發下來，但應該不會有問題，所以，妳別再寄錢來，假使真有需要，我再寫信告訴妳。

基隆河北岸，雞南山山麓以南，大直，他喜歡這個名字，那天晚上搭乘十七路公共汽車，到外語學校站下車，天色已經黑了，周遭風景看不清楚，黑鴉鴉一片。

砲校中心這回只剩他一人通過陸總部考試，不過，在臺南火車站，倒是彙集其他單位共二十人同車北上，大家都是第一次到這地方來。他們曾在白天短暫出外，附近民家不多，除了陸軍指揮參謀大學，還有忠烈祠、中央廣播電臺、美僑俱樂部、三軍外語學校，都是聽起來很重要，但對他們來說很陌生的機構。

一九六五年七月三十一日

到此已近一個星期，生活習慣較正常了。

現在時刻九點半，妳應該進入甜蜜夢鄉了，但我才剛放下課本，拿起信紙給妳寄信，希望妳能體會我的心情，是多麼關切妳，多麼懷念妳。

在此，照規定一天自修七個小時，但大家為了能在國防部會試得到一個政士，都拚命研讀，一刻也不敢輕易浪費，整天都看到大家手不釋卷地苦讀。不過，距離考期還有段時間，我的心情不像在臺中時那麼緊張，偶而還能午睡休息。

伙食尚可，雖然沒有加菜金，但並不比臺中差，吃的問題，妳可免掛慮。

在此星期日可外出，不過，明天我暫不考慮出去，一來浪費時間，二來浪費金錢（臺北電影稍貴，半票就要十元），三來天氣又熱，不如窩在房裡看書或睡覺。妳呢？星期天打算做些什麼？多休息，要不就為我祈禱吧，讓我考個政士回家，因為如果考上了，不僅可以二十日退伍，還可能有好幾千塊獎金呢。

雖在信上和妻子說浪費時間浪費錢，但第二個星期天，他還是起了好奇心，和另外兩位、也是臺南上來的同伴去逛中山北路。同伴有親戚在德惠街的西裝店工作，要他們沿著中山北路走，只要見著了新開幕的統一飯店，就一定找得到。

中山北路的確繁華，比起臺南來，是另一番氣象，十層樓高的統一飯店也實在氣派，一個晚上住宿費聽說就要四千多塊。飯店對街果然很多西服店，親戚和他們一樣是二十出頭的青年，正埋頭做針線活。

店內師傅比他想像要多，人人都忙。親戚打從少年十五、六歲北上來當學徒，該吃的苦都吃過，所幸當兵前已經半出師，能做褲子背心，退伍後又回來這條街，現在西裝、大衣也會做了。

「布料兼手工，美金三十幾箍（元），這對他們美國人來講，毋但俗，手路閣好。」親戚說：「美國人見擺（每次）來，一訂就是十幾套。」

親戚雖然只大他們幾歲，但是一副見過世面的樣子，他沒打算回南部，希望就在這兒打拚到四十歲，可以開一家自己的店。

吃過午飯，他們在飯店附近走了走，大馬路很有風情，但飯店後頭破房子不少，幾件衣服掛在竹竿上。同伴想繼續去逛晴光市場，他因為天氣熱，累了，也不想多花費，遂一個人走回去。

一九六五年八月五日

妳怎麼都不給我來信呢？是否我有對不起妳的地方？或者有什麼地方讓妳不滿意？或者妳在生我的氣？妳不想念我？或者妳工作很忙，忙得連寫信都沒有時間……總之，我就是想不通原因，妳為什麼不給我信！為什麼妳不給我信？

信一封一封接到，有班長來的慰問信，有連長，有同梯的鼓勵信，也有預訓部主任來的勉勵信，但一封一封信中卻沒有妳給我的一封，那即使再多的一百封也沒有用，因為即使他們有一百封信也抵不上妳一封信給我的欣喜，為什麼呢，妳為什麼不給我信！？

到此已十天，再剩下十五天就考試了，也就是退伍了，妳難道不高興嗎？照理，剩下這麼十幾天，妳應該給我鼓勵，給我加油，讓我能考個國軍政士回去，又退伍又當政士，何樂而不為，但妳為什麼不給我信！

昨天，陸總部已每人發獎金一百元，預訓部昨天也派人來，每人送水果費一百元，但預訓部的五百元獎金未知如何，也許時間尚未到吧？

二十日早上將在國防部舉行會考。會考前會繞場一周，奏樂慶賀，像運動會開始時一樣。去年參加會考人員每人襯衫兩件做為禮物，考後並舉行會餐。今年的會考者應該也可享受到去年的待遇吧。

那年八月二十日，如他所預料，在國防部舉行的會考是隆重的，考前確實繞場一周，也確實奏樂慶賀，他們這些來自四面八方的官或兵，個個埋首苦寫，確實像運動選手咬緊牙關，衝向終點，氣喘吁吁。

考完，隨即退伍。

他匆匆趕回家。接下來的生活，妻子一如往常和母親鬧著脾氣，甚至愈演愈烈，他被兵役中斷的婚姻生活，似乎怎麼樣都沒辦法回到新婚的燃燒，會喊爸爸、會走路的兒子也將他真正推上了養家活口的軌道。

他回到學校服務。日本時期就是本地優秀教員的周老師把高年級的升學責任轉交給他。「你看，遮爾（這麼）厚，也是看未清楚。」她給他看自己的黑框眼鏡，嘆口氣說：「目睭（眼睛）不好，國語嘛無法度（也不行），好來退了。」

過幾個月，砲校中心轉來通知，政治大考最後一關，他通過了。

輔導長開心得不得了。

國軍政士證明書暨獎金提前撥發下來的時候，妻子也很開心。

十二月底，他依通知書報到，和全省各地的國軍政士，在臺北火車站會合整隊。當他們列隊走出車站的時候，人潮掌聲四面八方湧來，姿態優雅的鐵路小姐為他們別上胸花，「向國軍英雄政士致敬」的布條在四周翻飛。

受獎隊伍裡有幾位配戴帆船帽的女性軍官，使他想起離村之後便不曾再謀面的少女春鶴，她穿上軍服莫非就是這副模樣？整齊劃一，精神抖擻，看起來很美，與現實生活嚴格區隔的美。只要穿上軍服，不僅外型，就連眼神與笑容也會截然不同：他是國軍政士蘇清治，效忠領袖的蘇清治，而不是臺江內海小農村裡的少年蘇清治，同樣，春鶴也不是那個跟著他的小女孩春鶴了。

他們坐進廂型車，由軍樂隊與學校樂隊開路，從臺北火車站，經重慶南路、衡陽街、延平南路遊行至國軍英雄館，沿途擠滿民眾和戴著帆船帽的學生，朝他們揮手，鼓掌。

臺北商街繁華，招牌林立，可他根本沒空看仔細，鞭炮、濃煙、喇叭、軍號吹得震天響，還有人舞著獅頭，四處掛滿氣球——他忽地想到，回家的時候，記得帶個氣球回去吧，孩子一定高興極了，就連妻子也會笑得甜滋滋，畢竟她也只是個二十歲出頭的年輕媽媽，會想體驗拿氣球在街上走路的心情吧。

下午，長官訓話，安排幾位代表接受記者採訪，其中一位女青年工作大隊出身的國軍女英雄，

民 國

成了鎂光燈的焦點。他沒有任務，遂得短暫自由時間，到新建的中華商場去看看。整整齊齊三層樓水泥建築，忠孝仁愛信義和平蓋了八棟，商場店家各有特色，可惜他時間不多，只夠在忠、孝兩棟看看。電器店裡擺的黑白電視機非常吸引他，可他實在還不到購買這種奢侈品的水準。不久前，用獎金給家裡添購了電鍋，妻子已經非常開心，現在，頂多想著是不是給自己買一臺新的收音機。

中華商場附近，就是劉平當年經常吹噓的西門町——這個師範同學，那年暑假回臺北後果真休學——這回不可能去了，倒是想起劉平來信說在衡陽路一家照相材料店學攝影，利用回程路找了找，西藥房、照相館、書報社，一家接著一家，感覺非常時髦，但沒有看到有什麼照相材料店。

倒是似曾相識的住址附近，有家書店，他走進去，店身不大卻擺了許多雜誌，封面皆是人物，其中之一他認得：海明威，那些年，張光明送過他的。店內氣氛使他緊張，隨手抽一本，翻兩頁，放回，又拿另一本，直到一本封面繽紛混亂的小書，三個黑色手寫字：《水之湄》。

啊。他忍不住低聲叫出來。一首詩變一本書。葉珊。張光明說這個人和我們同齡呢。

那天晚上，中山堂光復廳，領袖賜宴國軍英雄政士。餐桌鋪了白巾，餐具妥妥當當，領袖以家常長輩口吻對他們說話。平常大致能懂的領袖鄉音，這時不知過於驚嚇抑或距離太近、太家常，他反倒沒有完全聽懂，只略知領袖要他們「負責任」、「帶頭示範」、「要研究，要天天有進步，看怎樣使得文化發生特別的效用……」其中，他反覆聽到很多次「鏡子」，實在不明白為何領袖忽然提起鏡子，亦不明白這種語彙如何與復國、建國、戰鬥發生關係？

他心內慌張，但為了不要顯露出來，更把身子坐得直挺挺，豎耳聆聽。

啊，彷彿耳內忽然一震，他忽地抓到音頻，恍然大悟，不是鏡子，是政士呀。

翌日，翻過新的一年。全體盛裝前往中山堂，恭候領袖蒞臨，主持國軍英雄政士團拜。

當領袖從布幕走出來，偌大空間，鴉雀無聲。領袖迥然不同於前一晚，邊走邊朝臺下巡望，那氣勢，讓人覺得他的眼神剛好就準準地落在你的身上。

領袖開始講話，聲音同等嚴肅，但和日常從廣播聽到的不同。這就是國家，就是領袖。就是榮耀。要有榮耀才能置身此地。他排在隊伍裡，不敢顯露一絲輕慢，連眨眼也不敢，直視臺前，深紅色絨布，白色流蘇，亮光光的額頭，好長的耳垂。喔，人們都說耳垂福氣，原來是這樣子的。

致詞之後，就是領袖為國軍英雄政士配戴胸章的重頭戲。被叫到名字的人，先大步向前，停，敬禮。等領袖回禮，才能再大步往前。

他仔細看著，心裡暗記程序，深恐有任何差池。

「蘇清治！」

「又！」他聲音宏量。

大步往前，停，敬禮。等。回禮。再大步往前。

他站得直挺挺，領袖握了握他的手。手心涼涼，鬆鬆地搭著，然後，似乎稍使了力，一兩秒，結束，放開手。

他繼續抬頭挺胸，直視前方。領袖面露嘉許、點點頭。他想，原來這就是那張偉人的臉。從小到大，到處牆上高掛偉人照片，他望著望著總覺兩頰笑容紋路好深，膚色真好，現在，他得趁這唯一的機會好好看清楚才行——

那片刻，事事物物擁擠著他的腦袋——

那片刻，宛若巨人走路，一個步伐便沉沉過去了——

他還來不及看清楚什麼，屬於他的局面已經結束。他感到手心微微汗溼，那是自己的還是領袖的？喔，不，一定是他自己的。他在想什麼？胡言亂語不怕掉腦袋嗎？他太緊張了。照相機的閃光燈啪拉啪啦響。

他往右挪一步，換下一個。

儀式過後，中山堂前合影留念，坐的坐，站的站，一排一排樓梯踩上去，原來這麼多人。領袖穿著素有風範的斗篷居於正中，人人軍服筆挺，兩側紅布剪字懸貼：從革新中開拓復國機運，在戰鬪中完成建國使命。

合影結束，再度集體往臺北火車站移動。沿途慶祝元旦，牌樓處處。有人說總統府周邊還有樂儀隊表演可看，但他已經歸心似箭。

火車站前，三輪車、小汽車交雜，老少婦孺提著大小行李，來來往往，他穿著軍服，穿越人群，帶著獎章，坐上回臺南的普通車。車廂搖搖晃晃，經過了西門町，經過了中華商場，然後，又經過了淡水河，他在這一連串極致的刺激之後，疲倦如山泥掩來，車廂繼續搖搖晃晃，他很快睡著了。

一九七六　雪裡紅

晚餐桌上多了盤沒吃過的菜，妻子說是醫生太太送的。他夾一口放進嘴裡，切碎的青菜有點苦，但也不是苦瓜那種滋味，混著乾扁的肉絲。妻子說是照著醫生太太的教法去炒，拿捏不住準頭，見鍋裡青白青白的，沒胃口，忍不住倒點醬油，結果太鹹了，顏色也不對。

雪裡紅。醫生太太給的名字。妻子問：「紅是番仔薑（辣椒），雪，佇佗位（在哪裡）？」

他也說不出來。這麼好聽的名字，吃到嘴尾其實有點苦澀，如果不是有點辣椒的刺激，還真吃不下去。辣椒紅，雪花白，白在哪裡？肉絲嗎？那倒是被妻子炒黑了。

「我臆（猜）講這是啥物（什麼），結果——」妻子神祕兮兮地：「你吃得出來這是啥物（什麼）菜嘸？」

他再夾了幾口，放進嘴裡細嚼慢嚥，苦甘苦甘，似曾相識，又有層老味蓋了過去。他繼續嚼，啊，他吃出來了，是芥菜的味道。

芥菜，六月割菜假有心的彼个割菜。

老母親就愛吃這個菜，從小到大，餐桌常有這道菜，他想不記得這滋味也難。母親的做法是把這菜放滾水裡燙熟，再放鍋裡薑絲炒一炒，沒人搶的話，她一個人可以整盤吃光。

因為苦，弟弟妹妹總不愛吃，除非餓。輪到他，往往沒剩什麼其他菜可吃，結局便和母親一同揀芥菜配飯。母親很滿足，他是無奈的。

然而，此刻，這盤菜吃起來卻似乎沒有那麼苦，聽說人年歲多了，口味也會跟著變，是這樣嗎？或是菜切碎的緣故？搭上肉絲、辣椒，孩子們不知是肚子餓還是不挑食，竟也吃了大半盤，伸著舌頭喊辣。

「醫生太太講他們過年一定吃這項，用鹽豉（醃）。」妻子說：「今年做較多，分一寡（一些）仔予咱。」

只有鹽嗎？他邊咬邊分辨，總覺還有什麼其他的味道，但就是說不上來。

「我有吃著淡薄（一點點）仔石頭味。」妻子說。

「有可能，豉（醃）的時陣，提（拿）石頭壓佇（在）菜頂頭（上）。」

夫妻倆邊吃邊瞎猜，把晚飯給結束，碗盤洗淨，叮嚀孩子寫完功課早早去睡，然後下樓。一個繼續縫紉，一個出門去家教賺錢。前方的李內科，已經把門拉下了，天色微暗，他彎腰從門下鑽出去，跨上機車，發動引擎，往不遠處的中州寮去。

不管是他自己老家還是妻子原村落，以及他們現在的新家，日常採買都在中州寮，街莊市場裡這戶、那戶都是相識，其中生意興旺的家長找他來給孩子加強功課是自然的事，眼前他也需要更多收入。打從兒子接近上學年齡，妻子想方設法要搬出村子，說是重視教育，也是婆媳間實在鬧到不能再鬧，兩個女人個性都強，他與父親夾在中間根本說不上什麼。有陣子，妻子不顧反對要到街町去學做裁縫。

「無論怎樣，嘛比作穡（務農）較好，加減我有薪水通領（可）。」妻子怨道：「我甘願做生理（生意）艱苦，嘛無想到嫁人了後竟然要割甘蔗，割甲（到）我整隻手全全傷。」

妻子在裁縫間聽人說安順方向有地要賣，回來跟他打算。他想都沒想過的事，妻子卻很大膽，說是難得大馬路邊，以後一定發展，標會借錢也該買下來。

說是大馬路，其實離中州寮有點距離，又還不到溪頂寮，前不著村後不著店。寮，就是草寮的意思，移民安身之所，在這片內海陸化而來的土地，很多聚落都這樣稱呼。他出身五塊寮，妻子是總頭寮，兩人在中洲寮相親。中間一條中央公路可以去西港、佳里，也可以進府城，這現在改稱臺十九線，愈整愈寬，妻子就是相中了這條主要幹道旁的土地。

他不得不佩服妻子的膽量，馬路截彎取直、徵田造路，原來村廟聚落都得拐小路進去，整條大路只有客運站附近有雜貨店、小吃攤、機車行，兩、三間逃過拆遷命運的老屋，以及一戶被拆去左右護龍、只剩下正身的三合院。妻子那邊有個建成阿舅，就住在其中。

「我和你阿衿兩个，按呢（這樣）住，有夠了。」建成阿舅消息靈通，能夠說出屋前屋後田地是誰的，又指著他們預定要買的土地後方：「彼爿（那邊）直直通甲（到）鹽水溪，聽講已經規爿（整片）劃作工業區，較俗也毋通（不能）買，一定要買大路邊。」

妻子堅持要蓋有店面的房子，就算自己不做生意也能租人做生意。只是，付完買地錢，他們連每月吃飯開銷都得精算，哪來餘錢蓋房子？妻子毫無懼色從岳家親戚東拼西湊借了五萬塊，找人畫圖動工蓋房子，錢用盡，沒得付了，就暫停一陣，等到積夠錢，又開始，其間土水之類做得來的小工，夫妻倆自己也下場去做；要說白手起家，這的確是了。

房子剛完工，妻子就交代他找房客。先讓學校裡的女同事李淑嵐租了單房。淑嵐老家湖南，但在臺中出生，師範學校畢業分發到他們學校來，人生地不熟，學校裡喊他主任，個性純直和他的么妹有幾分相似，日常生活瑣事，衣裳要縫要燙，常常來請問妻子，雖然語言不通，但阿嫂、阿嫂很快也就叫熟了。後來又有妻子以前的裁縫店介紹，住過一對夫婦，但未滿一年便匆匆搬走了。

差不多是那之後半年，他記得很清楚，就是老總統去世不多久，學校還按照規定降半旗的那個月分，來了方頭、高個兒的李醫師、李太太說要租店面開診所含住家，要了一樓全部，還有二樓空出來一間房，給兩個女兒住。

他剛開始不是很放心，畢竟對方打哪兒來，全摸不著頭緒，但妻子覺得租人作診所，算是文市，不會弄壞房子，看起來也稱頭，堅持要租。李醫師嗓門大，拍胸脯說剛從軍裡退下來，領「總統牌」的，看診沒問題。李太太快手快腳讓人把一樓用薄木板隔出診間、掛號櫃，屋前且掛起白底墨字的招牌，寫著「李內科」。

如此，一間新屋擠了三戶人家，樓梯爬上爬下腳步聲，炒菜，洗碗，洗衣，少男少女西洋歌，李太太國語老歌，還有妻子踩著裁縫車聽電臺放送臺語歌謠，式樣單調的長屋變得煞是熱鬧。李醫師每天吃過早飯進診間，無患者可看就看報，偶有病患踏進來，李太太靈活得緊，能招呼幾句臺灣

自敘傳

話，兩名女兒白衣黑裙，頭髮夾得齊整，過馬路等興南客運去市區上學。

客運站旁就是建成阿舅的早點攤子，豆漿、米漿是阿衿親手煮，菜包、饅頭則是批來的，幫忙顧攤的建成阿舅若見他的長子阿遠出門，定要喊他過來，塞一個熱騰騰的饅頭給他。

建成阿舅這般歲數的人，按理應該在總頭寮兒孫滿堂，會與他這年輕人同樣落腳這前不著村後不著店之處，想必有些原因，但他知道的不多，只聽妻子說建成阿舅年輕時瀟灑放浪，四處結緣，放著家裡正妻和子女不管，日本時代就和家裡不合，戰後更是落魄得緊，身邊只剩下當年在藝伎間贖來的愛人，就是屋裡那位阿衿。

妻子對阿衿有些顧忌，和建成阿舅卻是投緣，很多生活打算，會想聽聽阿舅的意見。說起來，妻子起心動念買這塊地，就是建成阿舅牽成。回想那段兩手空空也壯膽跟著人家蓋房子的過程，他自己的母親數落到不能再數落，真敢鼓動他們年輕人打拚的，想來只有建成阿舅。

不過，當這間房子掛上了「李內科」的招牌，建成阿舅似乎不怎麼開心，以前三不五時過馬路到家裡來和妻子聊兩句，帶些早上沒賣完的包子、饅頭，不知哪兒弄來的魚肉，給外甥兒女加菜，現在，幾乎不來了。妻子偶而納悶，但他不想多說什麼。這是可以瞭解的。他已經瞭解了許多事情，愈多瞭解，就愈知道不要說出來……

隔日，天色亮開，他早早到學校，站在校門口，看孩子們一群一群到來，國民義務教育由六年延長為九年，他們就算對讀書沒興趣，也還是得來。

他自己來到這所學校，說起來，同樣是因為國民義務教育延長的緣故。在這之前，他在隔壁小學任教。區內最資深的教育前輩邱校長，透過周老師，問他要不要到籌備中的國中去任教。

他盡力而為，該補的進修，也即刻去設法了。他打心底敬佩這位邱校長，過去，在連教室也沒有的條件下，東借西借也能弄出一間補習學校來，帶動本地農業教育，進而成了本地第一所初中。現在因為義務教育而必須增設國中，上頭委託邱校長籌備，是理所當然的事。

學校實際運作之後，派來一位徐校長是福州人，本來在臺南一中教國文，說起話來捲著濃重的鼻音，他自己也知道似地，講完就瞇瞇笑，對人對事一派文人樣，還有一手好書法。教務、訓導、總務三室主任亦由外地調來，倒是下面副手，邱校長建議由本地子弟擔任，爭取讓他教書，還兼任管理組長。

他沒想過這一天，被管的變成了管人的。他由蘇老師變成了蘇組長，那些成天盯著的學生，牽來牽去的確都是草地親戚，附近剛完工的社會住宅，一批學齡孩子也編到他的學校來。村裡人喊那兒叫貧民厝，他去過幾次，八坪十坪實在小，十三、四歲少年滿腔躁火，無可發洩，索性成群結黨混流氓，逃學、打群架是常有的事。他若只管教書，這些孩子讀不讀都無所謂，偏偏他是管理組長，好說歹說無效，只好拿根藤條追著學生跑，打手心最多，要不就是罰半蹲、伏地挺身、跑操場。早出晚歸不說，就連下課時間，學生在哪兒撞球鬧事，他也得趕到，使盡力氣和叛逆小獸爭強鬥狠，他時不時感到荒唐，簡直得耗盡心性才做得來這些。

幸而草地囝仔，血氣方剛愛打架，思想問題倒是不多。從管理組長到訓導主任，他最心煩無解不是縱向的權力，而是橫向與其他處室互動。他沒想過做教員這樣複雜，以前安全室，現在併成人事室，該小心的同樣還是要小心，賀主任就在那兒管事。他看也看過，考也考過，自己生在什麼樣的時代，了然於心，賀主任也不是難相處的人，既然端了那個飯碗，人人都得自保，這他可以諒解，但每每風吹草動，便要搞得鬼影幢幢，實在叫他難以為人。幾位鄉親老教員、外地分發來的年輕老師，他怎麼看都不覺得有什麼，賀主任卻盯著不放。

「沒事的，不可能的，他那人單純得很，生活都正常的。」他不得不拉下脾氣，和賀老師好說歹說：「他對誰都是這樣，比較冷淡而已，哪談得上什麼侮辱？」

「防患未然呀。」賀主任總是一副懸疑神色，重複地說那幾句話。

或有學生不知輕重亂說話，他得處罰他們做做樣子，抓準腔調向賀主任說：「鄉下小孩傻，何必當真？學校老有人來查東查西也不好，我們多輔導輔導就好，是吧？」

真有幾次，眼看無事就要有事，被賀主任逼急了，他有樣學樣，管它心裡踏實不踏實，先強勢往桌上一拍：「我保！行了吧？有事我負責。」

保密防諜人人有責，說得爽快，實在他心裡一樁一樁存著忐忑，幸而這些年沒真出什麼大事讓他負不了責。日日升旗，日日降旗，除了週一到週六，週日亦得輪值，應付鄉親家長各種合理或不合理的期待與埋怨，還有必須經常舉辦的演講比賽、公民訓育、救國團活動，上任五年簡直像過了十年長。

幸而最近兩年，新調來的丁老師接了管理組長，幫他分擔不少學生的事。丁老師，後來他直接叫他阿丁，是茄萣人，和他同樣是臺南師範的，服務期滿繼續升學師大，畢業調回鄉來，年輕氣盛，打得下手，學生也很敢頂，雙方你來我往，彷彿要殺紅了眼。

「看你以後還打不打架？」

「不回答，好，有骨氣，我就打到你回答！」

「想做流氓是吧？好，先給你練一下。」

阿丁腔調有時是在玩，有時是真動氣了。他性情直，不會轉彎，口令、動作都要學生照著來，但打過頭學生也是會記恨在心的，阿丁的新婚太太就常憂心忡忡對他說：「主任，哪天要是被崁布袋怎麼辦哪！」

這天，果不其然，午休過後，阿丁機車前後兩個輪胎全給刀割了。阿丁心裡有譜，氣沖沖想去找學生算帳，恰巧賀主任拿著幾份文件往訓導室來，見情景，撇撇嘴道：「哎呀，這傷腦筋呀。這些傢伙，說壞，還真是壞到極點了。」

雖然也是實情，但話由賀主任口中說出來，他和阿丁聽著就是不舒服。整個學校裡，阿丁和他，與賀主任互動最是微妙，說是合作，又權責不明，不知該由誰來交派誰，意見不同也往往是不好說的。

「光打也不濟事。」賀主任又說：「打狠了他還打你呢。」

「賀主任！」阿丁忍不下去了：「你現在是什麼意思？有意見是嗎？我們出去講。」

「哪有什麼意思，為人師表，性子別這麼火。」賀主任轉過來看著他：「蘇主任，你說是不是？」他對阿丁使使眼色，耐住脾氣：「賀主任，你來有什麼事嗎？如果沒有，我和丁組長要去處理一下。」

「有事，有事，有大事呢！」賀主任晃晃手裡的公文：「我剛看了，這上頭訂製的蔣公銅像，怎麼還沒來呢？」

「上頭不是寫了日期？還沒到吧。」

「要催催呀。」

「現在各單位都在訂製，公共場所優先，怎麼催？能按日期來就很好了。」

「這樣說也沒錯，可是，蘇主任，我看，我們還是得想辦法催催才行。」賀主任東瞄西看，把他拉近身邊：「我說呀，那個，我們橄欖球隊不是拿了冠軍嗎？上頭來消息，說讓蔣院長來視察呢。」

原來如此，他知道賀主任緊張什麼了。

「橄欖球，這不都丁組長的功勞嗎？」他說。

血氣方剛有血氣方剛的用處。新學校，特別選新的運動項目橄欖球做發展重點，阿丁正是因此特聘進來的體育老師。十來個血氣方剛的大男孩，固然常挨阿丁藤條，但在球場上跑起來，勝負與共，也是很有兄弟情感的。

賴香吟專輯

國家與小寫的人

放下割破的輪胎，他們站著討論校門圓環的蔣公塑像，當然該催，但催過頭了也不好。「讓專家仔細做，做好最重要。」他試圖說服賀主任：「從程序到成品，屆時都要查核的，要是因為趕件出什麼閃失，就算少一顆釦子，你我也不是小事。」

「嗯……」賀主任苦惱了，他踱過來踱過去，好不容易想出辦法：「至少在校園哪兒放個半身像？比如說，忠孝樓和仁愛樓之間的那個川堂？」

「哪來得及？」

「讓黃主任跟教具商問問，應該有現成的。」

「經費呢？」

「這個嘛，跟校長請示請示，總有辦法的。要不跟家長會樂捐看看？成了也是美事一樁。」

他沒有再問下去。後來幾個星期，不僅他與賀主任，整間學校都忙於整頓，標語噴上新漆，禮堂國父遺像、元首玉照確認無誤，院長預定蒞臨前的最後週日，又是輪到他值班。

夏熱將至，妻子喊頭痛，要他把剛上小學的女兒一同帶到學校去。他開了窗，拉了天花板風扇，把女兒放妥在阿丁的辦公桌上寫功課，然後走出訓導處，照著固定路線，開始巡視校園。

走廊淨空，燈源確認，花圃路徑掃得乾乾淨淨，植物修得整整齊齊。老羅在工友室聽廣播，見他來了就喊：「蘇主任好呀。」

川堂的領袖半身塑像已經設置妥當，校長頻頻交代孩子們不要橫衝直撞。門楣上的橫匾，禮義廉恥，老羅看樣子也照顧到了，一塵不染。

他把這尊新來的塑像，再細細打量一遍。照理講，每座雕像都是相同的，不會也不能有任何閃失，但不知為何，他老覺得眼前這尊像有些不同。是微笑的神情嗎？還是姿勢、角度不同？說起來，他是親眼看過領袖的，不過，那時領袖戴軍帽，不同於眼前光頭，不，哪能說光頭，不要命了？那該怎麼講呢？額頭？天庭？他琢磨著，詞窮，感嘆自己離那親近過藝術的少年已千里遠，再說，當時領袖雖然親在眼前，但哪有膽量多看一眼呢？

繼續按部就班，把校園各棟樓、各處角落給走完，他回來的時候，見老羅彎腰在水龍頭下洗鍋洗菜。

「燒飯呀？」他招呼。

「是呀，難得星期天，我一早上了菜場。」老羅看來心情好，把手上菜蔬提起來：「蘇主任，你看，這苦瓜，美得！」

白玉苦瓜，確實長得真美。

味覺提醒了他，他問老羅：「是不是有種菜叫雪裡紅？」

「有啊，雪裡紅，味道挺好，我就喜歡吃苦菜。」

「雪裡紅，雪，指的是什麼呢？」

「雪不就是雪嗎。」

他更不解了。

「啊，」老羅也忽然想到：「蘇主任您沒看過雪吧，不過，這個你問我就問對人了，我們北邊冬天雪可多啦，這菜冬天裡長，紫紅紫紅的，一片雪裡看過去，是雪裡紅沒錯呀。」

原來如此，他與妻子都想錯了。

「不過，這兒雪裡紅不是我家鄉那種，是用那個，咦，叫什麼來著？」

割菜。他差點脫口而出。「是芥菜吧？」

「對，芥菜，是芥菜沒錯。」

老羅是退伍後來的，年歲看起來比李醫生小一些，孤家寡人，成天待在學校。問他苦瓜怎麼燒，說就是燜豆豉，加點紅辣椒，好吃好打發。

回到訓導室，女兒還在生字格裡爬國字，一筆一畫端端正正。當孩子真好，什麼都是新的，舌尖、耳朵也靈巧，女兒寫字說話樣樣確實，租房子的李醫師常誇讚：「蘇老師，您這千金教得好哇，國語說得比我還標準。」

他搖頭。他哪有怎樣教孩子呢，孩子都是時代教的。看女兒用力握著筆桿，常讓他想起小時候對知識饑不擇食的感覺，生活匱乏，能有點別的什麼都是好的。他把女兒寫鈍的幾隻鉛筆拿過來，打開抽屜，取出小刀，一支一支幫她削尖。

抽屜裡除了文具，還有一根短藤條，一本去府城開會特意繞去中正路書店買的《葉珊散文集》，兩樣物品都像紀念，他現在幾乎不打學生了，倒是校園裡經常聽學生唸課文：

——我在吉普車上看它如貓咪的眼，如銅鏡，如神話，如時間的奥秘。我看到料羅灣的漁舟，定定地泊在海面上。

他沒去過金門，更沒去過料羅灣——只有少女春鶴去過——向李淑嵐老師請教，才知道文章是那個張光明喜愛的詩人寫的，葉珊——教科書裡寫的是王靖獻——原來詩人也要當兵，只是，詩人從金門料羅灣退伍之後，飛去了美國；這條路，他怎麼想都想不出要怎樣才能走得到。

十九歲當了教員，二十三歲當了父親，生活一直來，一直來，他一屆一屆教育孩子們考初中，師專同期很多人繼續投考大學，繼續深造，出國，就職，他不時在活動或報紙看到似曾相識的名字，知道胡長宣在成大教書，至於張光明，聽說去考師大美術系，但後續就沒有消息了。

把《葉珊散文集》取出來，與其看幾頁，不如承認只是想摸個幾頁，回味自己微薄的青春，尤其那素淨的封面，簡簡單單的字，美得讓他想起祖母對字的珍重，而祖母其實是不識字的。

「爸，那是什麼？」女兒湊過來說：「我也要看。」

該給她嗎？看得懂嗎？要說僻字、難字，這本書裡可多著了，但也或許就是這些僻字、難字，才能讓詩人乘了翅膀去遠方吧？天羅地網，他本以為知識也能帶他掙脫無知與貧困的束縛，奔向自由豐盛的世界，但，顯然，他是快快地被抓了回來……

他帶著女兒回家，還沒上樓，便見李醫師與太太在廚房小桌吃西瓜。「您老丈人送的。很甜哪。」

原來岳父來過。妻子正在切西瓜，準備放進冰箱裡去。

他與女兒坐下來吃一點餘下的，妻子等不得似地說起新消息。

「阮大伯回來了。」

「大伯？」

「阿爸的大兄。真久以前就去越南，你毋捌（不曾）看過。」

「是按怎（為什麼）臨時想欲轉（回）來？」他抓不著頭緒：「轉來看厝（家）內人？」

妻子搖頭，帶一抹神祕表情：「轉來就是轉來。袂擱（不會再）轉去啦。」又小聲加一句：「聽講帶一个新的阿姆轉來。」

後來兩天，妻子枕邊細語，他總算搞清楚妻子這邊的親戚故事，原來不僅在臺北的二伯是成功典範，這位早在十幾年前去西貢闖蕩的大伯，才真是驚嚇了家族的人物。

「我細漢（小時候）見過他，記得真清楚。」妻子回憶：「伊跟我講，彼爿（那邊）的查某穿腰身真媠（美）的長衫，擱會（還會）當共（把）竹籃放在頭殼頂走路。伊穿插（裝扮）足有派頭，予我真濟（多）口香糖，為著吃牛肉的代誌（事情）和我阿爸冤家（吵架）。」

這樣的人回來了，丈人特別來報，講的卻不是財富、伴手禮，而是竊竊私語：「聽講一堆財產沒法度搬轉來，當作放水流。」

「他本來沒打算轉來，佇遐（在那裡）某（妻）、子攏有，誰知拄著（遇到）這款時勢。毋過，別人想欲上船攏困難，妳這个大伯閣有本事坐飛機轉來，嘛是將才啦。」

「沒意料帶轉來的竟然毋是當初的某（妻）子，顛倒（反而）是一个差不多會使（可以）做查某囝的少年查某……」

丈人說得不甚光彩，但畢竟是家族裡的長兄，遠方歷劫歸來，祖厝怎麼講還是要辦一桌團圓飯，要他代為出面去邀請建成阿舅。

他過街去。馬路車子愈來愈多，尤其貨車開得飛快。比路面略低的內屋，吃飯桌椅、木板通鋪都是以前的款式，連燈泡也是舊的。阿舅不在。阿衿獨自坐在說是廚房，其實不過一口灶、一盞油燈的邊間，腦後盤著老式髮髻，吸菸神態卻有他不熟悉的摩登氣味，憂悒神色，望著木窗外頭的車路。

他簡短說了來由，阿衿默默聽著，彷彿還沉浸在方才的菸裡，沒有要多說什麼的意思。

得再來一趟才行，他想。然而，後來幾天，他把這事全忘了。院長蒞臨，忙得他七暈八素。先是安全人員抵達，滴水不漏把校園查過，演練細節，就連上廁所的時間與動線都不能怠慢。橄欖球隊的孩子們怎麼上場、誰能應對，也得讓阿丁先交代好，再來，哪些班級課間活課下樓來見院長，哪些留在樓上鼓掌，樣樣都安排妥當。

時間到了，院長，領袖之子，在安全人員護擁下走來，身形、穿著和他上回在中山堂親見領袖的記憶很不相同。個兒不高，短袖白色襯衫在灰褲裡紮得牢牢的，繫著黑色皮帶。不是大搖大擺走路，而是背著手散步似地，東看西看，聽取說明的時候，兩手托腰，彷彿他隨時可以是局內人。他和球隊孩子握手，問他們怎麼做訓練，一如電視播出來的新聞畫面，笑容和藹，閒話家常。雖說他知道樣樣都是預作安排，但即使專業演員，也不一定人人上場都能做得這麼到位。

一時半刻，他想，時代真不同了嗎？以前花多少時間苦讀死背才得見領袖，此刻領袖之子就在眼前，眼前使他困惑，這位院長不學他的父親展示威嚴，卻表現親民，去農村、去漁村、去工廠、去輔育院，握農民的手、孩子的手、老兵的手、罪犯的手，為什麼？他的樸實裝束，他的肢體語言，口吻神色，一不小心就讓人鬆懈心防，輕飄飄地妄動起來。

但真能這樣嗎？握握手又怎麼樣？千萬別傻！中計你就死定了！但又何必這麼多疑？眼見為憑，明明就親民愛物，國家大事若人人都有意見，能怎麼治？又有哪個社會十全十美？風雨孤舟，最怕有人不知顧忌跳來跳去！他的腦袋裡有好些相反力量在拉扯，搞得他心煩，校長正在對院長做校園解說呢，他提醒自己不要忘神，不能鬆懈。院長臉色淡漠，雖不嚴肅也絕非隨和，讓人抓不準他想些什麼。他陪著走到最後，大合照的時間，院長和孩子們微笑、拍肩、握手，眾人簇擁之間宛如慈祥的家長。

掌聲響起，學生們也很入戲，握到蔣院長的手可不是小事，回家可以好好吹噓。大隊人馬按行程表離開，校園回歸日常，老羅開始整頓茶水海報，校長交代總務主任選照片，大事結束，他與賀主任都鬆了口氣。

他走回訓導室，拿起水杯咕嚕咕嚕灌了一大口，天花板風扇嘎啦嘎啦轉，他想靜一靜，清一清自己的腦子，不管剛才真的假的，都不要留著糾纏。一會兒就得去上課了。

「起立，敬禮。」

「老師好。」

「坐下。」

打開課本，周遭卻沒有靜下來。學生們也像家裡來了賓客，熱熱鬧鬧趁機脫序，收不了心。他應該敲敲桌子，可是，那一刻，他真累了，只是站著，不想說話，也不想發脾氣。

——假如你有一種理想，切不可將夢境當作現實來看；當你正在沉思些什麼，也不可存非非之念。

非非之念。知識分子就是老活在自己一廂情願的思想體系裡。就說文學都是陷眠（白日夢）。切不可將夢境當作現實。

非非之念。少年躺在溝圳旁，坐在大樹下，望著天空的雲，到底有多遠？雲後邊又有什麼？

「我會煩惱。」很久很久以前，他這樣對張光明說。

張光明笑了。

他也想笑——陡地覺察到無雲無樹，一片靜寂，臺下學生不知何時已經安分下來，面面相覷。

我為什麼會在這裡？這是沉思，還是非非之念？〈在每一分鐘的時光中〉，他回神想起來，不可存非非之念出自院長的短詩：當兵時候，有個軍訓教官要他當格言背下來。

「翻到第三十六頁。」他清清嗓子：「上次講到黃河流域的氣候……」

我為什麼會在這裡？後來再讀到〈在每一分鐘的時光中〉，是救國團發下來《風雨中的寧靜》，院長在裡頭像個普通人似地，把他的追憶、自省都寫給你看。為什麼？他困惑，就像方才那樣困惑，他要怎麼判斷一個人？不，那樣的人是他可判斷的嗎？他不過是想判斷真偽，判斷理想抑或非非之念？在他們的時代，這位院長一直都在，在領袖身後，在他們身邊，就連金門他也去了，很久以前的少女春鶴，一定也握過院長的手……

張光明呢？此刻他會在哪裡？窮鄉僻壤小教員？抑或跟著人家成了知識分子？張光明是有才的，就怕他那性子讓他不平安，就像學校裡的美術老師，倒掛著八字眉，什麼表情都不用加，就惹賀主任猜疑……

那個晚上，他沉沉地睡了一覺，都說是大事，累壞也是應該的。隔天早晨，區公所的行道樹工程，從溪頂寮方向進行到他家門前，據說是要砍掉木麻黃，改種菩提樹。建成阿舅和李醫生好奇地站在門外觀看。

他想起了岳父交代的事。

「明仔載（明天），我請一臺車來載你和阿衿去？」他對建成阿舅說。

「麻煩啦。我家己（自己）騎歐兜邁（機車）。」

「阿衿罕（難）得出門，歐兜邁（機車）不好坐。」

「你阿衿毋去。她人無爽快。」

「有影？是怎樣？」

「這幾日喊頭眩目暗。」

「嚴重要來給李醫生看覓（看）？」他又加了一句：「抑是請李醫生過來看一下？」

「免啦。」建成阿舅搖搖手：「人有歲（年紀）了，歇睏一逝（休息一下）就好。」

翌日，他一臺機車載著妻子、女兒抵達岳家的時候，三合院的門口埕已經擺妥兩張圓桌，是過年回娘家才有的陣仗。

說是三合院，左側屋牆已殘破，家族人丁愈移愈少，索性封起來不修。岳父如常用髮油把自己梳理得妥妥當當，岳母也如常在灶間忙碌。有個和建成阿舅坐在側室談話聽，身著花色短袖襯衫、白長褲的長輩，約莫就是大伯。

阿舅是岳母的二哥，大伯是岳父的長兄，兩個好友把自己弟妹配成親，聽起來是這樣的故事。後來時代變換，大伯才高膽大，和人上北部去占屋做生意，就沒再回到家鄉，還牽成二伯去北部念書。過幾年，大伯要再去西貢做生意，找到穩定職業的二伯就不去了。

「我一到臺北就去他厝內，住在彼个仁愛圓環附近，袂穤（不錯）是袂穤（不錯），但是他這个人，無聊啦，一世人就知影上班賺錢，賺閣（再多）較濟也袂（不會）曉享受。」

說話的人就是傳說中的大伯，有點年紀，但神情、口氣都挺健朗，見過世面的瀟灑氣。

廚房裡妯娌忙著，小餐桌邊坐一位陌生女子，他不用問也猜得出來是誰，但又不知怎麼稱呼好。女子不會說本地話，帶著緊張的笑容，陪身旁一個七、八歲男孩吃飯。

外頭圓桌上的菜色也漸漸齊了，魷魚螺肉蒜湯，筍乾烘肉，紅燒魚，青菜，炒米粉。大伯、阿舅、岳父，還有兩位姑丈，有湯有酒，話頭熱鬧，先是問問這房、那房做什麼營生？往不往來？孩子幾歲？誰去世、誰婚嫁？知道他在學校裡教書，便說起西貢那兒的華僑學校：「越南話佮中國話做伙(一起)教，國旗亦要放兩支，教傷濟(太多)，一般學校讀半工(半天)，中文學校要讀規工(全天)，以前我那个大囝，就袂(不)愛去。」

聽起來大伯在越南確實另有家室，遇此亂世，是人家不願跟著來？還是妻妾成群沒法全帶回來？不好問，大伯也沒提，就只回味當年越南經濟多好做，光賣洗衣粉、電風扇就利潤豐厚。

「恁叫他趙鐵頭的彼个，較早(以前)在越南就足有名聲，做紡織做甲削削叫(很厲害)，無料到伊轉來改途做鋼鐵，擱做甲遮爾(又做得這麼)有名。」大伯說：「真有才調。」

「臺灣的情形，你無瞭解啦。」建成阿舅應道。

「我哪會無瞭解？你才是世面看傷狹(太窄)。」

「才調固然重要，運勢亦是要緊啦。」

聽起來像是鬥嘴，看表情又沒那麼回事。建成阿舅說了幾個名字，可能是他們往日的朋友，誰人切心(心寒)沒聯絡，誰人莫名其妙坐監，孩子怎樣救濟之類，他不是很懂兩位長輩交情，兩位與家族疏遠的人，似乎連語言、看法也與草地親戚有些不同了。他們繼續說著南越怎麼丟掉政權，大伯怎樣賤賣家藏，黑市怎樣坑錢云云。

話題稍落，大伯盛碗熱湯，慢慢地喝，向岳父稱讚蒜苗真是好吃。

建成阿舅起身離桌。幾個年少孩子也吃飽離開去玩了。

岳父和大伯開始打算未來，報告家裡的田哪些自己做，哪些租了人，米種不出來，玉米、番茄還行，冬天就收地瓜與花生。大伯自然是對務農沒興趣的，改問中洲鎮上親戚，臺南社會如何。又轉頭問他帶回來的孩子年齡到了，但語言不通，怎樣設籍、怎麼上學好。

他一下子被問倒了，只能先承諾回去之後替大伯打聽，然後也起身離了桌。

建成阿舅好久沒有回來。

三合院廁所向來蓋在屋外，以前是考量衛生，不讓排泄物影響生活起居，也方便灌溉農園，現在卻成了孩子們的惡夢，女兒常常回外公家就憋尿。他進去，出來，廁所蟲漬與蜘蛛網多了不少，後方香蕉樹也長得老高。建成阿舅原來早解過手，立在附近小徑抽菸。

每次來岳家，從車路轉進這條小徑，他都感到心情愉快，沿途種來當圍籬的朱槿，終年常綠，入夏花紅燦爛，建成阿舅此刻愣愣站在花前，沒有察覺到他。

「阿舅，你食飽了？」他輕聲招呼。

「喔，きよし。」建成阿舅回過神來：「我哺一枝仔菸，你去食，去食。」

「真久沒回來喔？」

「嘿啊，恁丈人這花顧甲真好。」

「恁和大伯偌（多）久沒見面了？」

「久喔，真久。免講越南，自伊去臺北，阮就罕（難）得見面。」

他在心裡隨便一算，至少也是十幾年光陰。兩個少年朋友，是發生什麼事情？

「阮這代人，環境啦。足濟(很多)代誌是環境來改變，不是阮想得到的。」阿舅又問：「你這馬(現在)幾歲？」

「三十五。」

「真好。」阿舅點頭：「人生正當時，對嘸？」

他順從地微笑。

「算算，三十幾冬(年)了，狗去豬來，我彼當時拄(剛)好是你的歲，誰知影一世人袪揜(沒出息)。恁大伯較䁯鑽(靈活)，結果今仔日亦是回來。恁免聽伊講話澎風，唉，阮這代人……」

建成阿舅踩熄一枝菸，又拿一枝，順手遞給他，他搖搖手。

「對喔，恁做老師人，袂(不能)使吃菸。歹勢，阿舅常常袂記(忘記)。」

建成阿舅掏出打火機，俐落打開上蓋，清脆一聲，再刷個齒輪，火苗亮了。

「Zippo。」建成阿舅讓他看打火機，藍色的：「拄(剛)才恁大伯送我的，講彼爿(那邊)真流行。」

他依樣畫葫蘆，學建成阿舅點火，卻是手拙得很。建成阿舅笑了，把火點燃，要他晃晃打火機，試試看火會不會熄。

果然不會。

「這個牌子，閘風(擋風)介有本事。」阿舅蓋上打火機，又是一個俐落好聽的聲音。

「恁讀冊人喔，有時讀得悾戇(傻呆)。」建成阿舅取笑他：「菸袂(不能)使吃，博筊(賭博)亦袂使，連打票(買票)，人嘛不敢打到恁兜(你家)去，講起來也是損失真多，對嘸？你老實佮我講，開票的時陣(時候)，關電火(電燈)，是有影(真有其事)沒影？」

「阿舅，莫講這啦。」

「好好好，莫講，莫講。」

「阮轉去食飯，抑無（不然）別人想說你是走佗位（哪裡）去？」

「好，轉去食飯，食飯。」建成阿舅忽然開朗起來：「不對，我欲轉去食米粉，你丈母那個米粉炒喔，拄才（剛）我吃入嘴，險險哭出來。」

「是按怎？」

「唉，佮阮阿娘煮的，一模一樣，我這个憨妹仔……」建成阿舅把菸收進口袋，邊搖頭，邊向門口埕走回去。

他在原地愣了半晌，才會意過來，趕幾步，跟了回去。

一九八二　動物園

時間接近九點鐘，天色還沒亮開。都說臺北陰天多，果然有那麼幾分味道。

車子速度慢下來，他準備招呼學生下車，再看一眼天色，覺得雲層後頭其實有陽光，只是給罩住了。

天色不開，就不開吧，他想，帶學生看動物園，這樣的天氣也是好的。

進了園內，各班導師帶開，雖然已是十幾歲的孩子，看到從未親眼見過的斑馬、駱駝、河馬，還是非常興奮，指指點點、喊著同學們來看。

他也跟著慢慢看過來，河馬張大嘴巴，圍在前方的三年甲班學生發出驚嘆，他注意到那個叫作許佳行的男生和同伴推推鬧鬧，仍是年少稚氣，身形卻有大人模樣了。

這是他第三次來到這個動物園。河馬，應該還是上次那隻河馬吧？這麼壯碩的動物，卻是草食性，沒來之前他還真沒想到。這些年，他既不當班導師，隨團責任亦有總務主任、註冊組長等人輪流分擔，不來亦是可以的，不過，想到這個學期結束，自己也將和這些學生一樣從這個學校畢業，難免感觸；畢竟是踏入社會以來，待最久也進展最多的學校，就當作自己的畢業旅行吧。

「主任好！」幾個男孩和許佳行匆匆路過，馬馬虎虎問了聲好。許佳行和他視線交接，接著跑走了。

一大片水塘，一座長橋，很多的猴子。

好好玩，好好看吧，他望著孩子們想。看完猴子，前方還有大象。

大象，想必是上次那隻大象——他不確定河馬是不是上次那隻河馬，因為動物園裡不可能只有一隻河馬，而他還不能辨認河馬的長相——就算不是上次那隻，也必然是另一隻，他很清楚，這個動物園有兩隻大象，一隻叫林旺，一隻叫馬蘭，無論從身形或象牙，人們很容易可以認出牠們。

嗨，林旺，我們又見面了。他隔著距離看林旺拍動耳朵，那耳朵真寬闊，像一把大扇子，像老家後院的香蕉葉。

「蘇主任……」一個細細的聲音，把他從鬆弛的思緒裡拉出來。是三甲導師洪素美。

他有點意外。自那件事以來，他習慣了洪老師默默躲著他。或許怕人說閒話，或許覺得欠他一份人情。

「您是真的要離開嗎？」洪老師問。

「當然啊，都報上去了。」

「我以為您會，一步一步，做到校長那位子的……」

他笑了：「妳想太遠了，一步一步，不就是慢慢來嗎？」

洪老師沒有笑，她這兩年，與其說沒有笑容，不如說同事們都怕她哭出來。

還好。她也沒哭。人遇事總要學會堅強，特別是沒有人伸出援手的時候。

「蘇主任，多謝您的照顧。我總是擔心，怕……」洪老師吞吞吐吐：「我，我是想問，不會是我給您造成什麼麻煩吧？」

洪老師臉上神情又是羞澀，又是為難。

「哪有什麼事？」他故意說得爽朗，轉成臺語：「本來就沒啥物代誌。」

「但是……」

「好啦，莫擱（別再）講矣。」

賴香吟專輯

國家與小寫的人

那年冬天高雄的事情，坦白說，他每天都看報紙，從頭到尾實在沒注意到洪老師的先生。不過，事情可能就像波浪，一圈一圈往外散出去，只要被牽連到，抹也抹不掉。洪老師的先生原來在永康那邊的小學教書，事件後被帶走，這類事，校內不見得人人知道，但賀主任與他一定會知道的。

洪老師年未三十，忽然沒了丈夫，還帶個剛上小學的兒子，這種景況，他略知一二，當年入伍那些家書，收在抽屜裡，妻子忙得幾乎忘了，倒是他自己還會拿出來看看。

「去新學校，同款是做主任嗎？」洪老師問。

他搖頭。「教書就好。」想想又主動說幾句：「妳莫黑白（亂）想，我搬厝以後，離學校遠，既然聽李老師說有出缺，就做一个決定。」

「你是講較早（以前）教國文的那个李淑嵐老師？」

「是呀，伊結婚了後就調去彼間學校。」

洪老師點點頭，沒有其他回應。兩人默默看著學生，也看大象，林旺正靈巧地晃動長鼻子，捲起地上食物，送進嘴巴。牠的耳朵拍拍，尾巴也拍拍，這麼厚重龐大的身軀，細看，卻有個短小可愛的尾巴。

「啥物時陣會使（什麼時候可以）出來？」他還是問了。

洪老師頓了片刻，低低地：「講是講，閣兩冬（再兩年）。」

「若是出來，敢有法度轉去原來的學校？」

洪老師又頓住，比前一次更久，似乎認真想著，但真想了便難免帶出情緒來：「我毋知，蘇主任，你問這未來的代誌（事情），我哪有可能知……這代誌，自頭到尾，我攏不知影是按怎（為什麼）會變成按呢（這樣）？」

眼看洪老師眼淚就要掉下來，他既想快快轉開話題，又覺得殘酷，眼前這位女人不知已經遇過多少次被別人當作麻煩，快快閃避的經驗。

他沒安慰，也沒走開，直到想起其他的事情。

「妳敢知影（知不知道），恁頭家彼間小學，本來是糖廠的小學？」

洪老師收住了眼底的悲哀，點點頭。

「我厝裡有幾位序大人（長輩），以前佇（在）彼間糖廠吃頭路，阮爸爸若是講到彼間糖廠，總是懷念。」

「您多桑現此時退休矣？」

「哪有可能，戰後變成不識字。早就改作穡（務農）囉，這幾冬（年）換做簳仔店（雜貨店）。」

「原來是按呢（這樣）。」

「所以，講起來，若是阮多桑繼續佇（在）糖廠，不一定我會綴（跟）去讀彼間學校。」

洪老師淺淺地笑了。他也說不上來這段小事有何好說，但無論如何，陰霾是過去了。

學生們也看夠了大象，三乙的導師正在把學生集合起來，準備拍團體照。

接著，輪到洪老師的班，她走過去，被學生簇擁在中間，並且朝他揮手：「主任，主任！」

他搖頭，倒是取出了自己的相機。觀景窗裡二、三十個從草地到臺北，特意穿了好衣裳的少男少女，以及，一個愁苦的少婦。他找好角度，等著林旺和馬蘭回頭，那幾秒間，他觀察到團體裡的許佳行，正專心對著鏡頭，做出安靜而規矩的微笑。他有點不忍心，長得很好的一個男孩，不是嗎？經過這個小小的觀景窗——他憶起了自己的青春願望——他可以選擇，可以決定，世界就在手上，不是嗎？他等著，再自然一點，再亮一點……

光來了，林旺這時捲起長鼻子，孩子們笑著，他按下了快門。

老，是忽然之間來的。這些年，他一直很忙，愈來愈忙。父母老了，兄弟長了，家裡孩子大了，李醫師搬走了，換過行業租人賣鐘錶，又收了，大約還是離市集太遠。三弟商業學校畢業，被招攬去同區的蔡議員手下辦事，跟他們說鄭子寮那邊魚塭填平變陸是遲早的事，議員已經準備投資蓋屋販售。妻子聽了幾年，心動起來，仗著有三弟做員工保證，遂大著膽子催他去把訂金付了。

接下來，只能更忙。妻子與他，只要能有更多收入，管它一天二十四小時還是四十八小時，拚命做，吃飯睡眠隨隨便便，身形虛胖也不以為意。外頭社會亦是忙碌，除了賺錢，還有不少意見，這兒那兒，芽苗似地，要冒出來。他替他們緊張，他心懷忐忑，賀主任倒是因為年紀得以退任，換了個本地青年來。

以為會簡單些，反倒更難。新來青年掛在嘴巴上的那些教條守則，他何嘗不知，何嘗不曾背得滾瓜爛熟，但他背這些是想日常生活安頓，沒想動用這些來擾亂日常生活。可現在，這個比他當初大不了幾歲的青年，照單行事，小聰明全用在自保，逐條逐句舉發誰有嫌疑、誰該思想考核。他既不能反駁他，又不能同意他，拐彎抹角提示他自己愛國就好，不要傷及無辜，偏偏這年輕子弟笨牛般不解其意，還惱羞成怒。

他感到悲哀。悲哀這樣的詞，他本是不用的，可這年餘，常與那青年不歡而散，有時還須假裝同意，讓那青年留在自以為正確的政治真空裡，那種時刻，他明白了什麼是悲哀。

「蘇主任，很多時候，我身不由己呀。」退任後只教公民課程的賀主任，見他為新來青年煩惱，畢竟同事久了，偶而會以截然不同往日的口吻和他聊幾句：「若是黑函來了，你說，能不辦嗎？最頭疼的，還是校內自己來的，你以為沒有嗎？」

他理解。一年一年，明的暗的，置身事內事外，他體諒人人都有家小，但總希望不要踩深下去，能止住多少，就止住多少，臺灣話說：軟土深掘，莫太超過。這兩年，他內心煩躁，某天夜裡做夢，夢到打了女兒兩巴掌，手勁很大，沒有一絲疼惜，往女兒臉頰狠狠摔去。女兒愣了愣，捂臉大哭；夢裡和妻子也吵，新仇舊恨似地對吼。老家那邊，無論務農或開雜貨店，都是衰退，父親領菸酒領得煩了，想把當初好不容易才申請來的菸酒牌頂出去；母親染上了賭，以前過年打打四色牌也就算了，近來跟人簽賭無時不休，見他回去便東躲西藏，輸錢了，債主倒是很知道上他家裡來要。

他成了家裡的靠山，想倒也不能倒。學校裡成天忙，時不時還有教育局、救國團、後備軍人教召，很少想其他的事。難得感慨是前年，么妹大學夜間部畢業，要說栽培弟妹，他盡力至此，好不容易可以放下，也想見識見識大學畢業是怎樣的情景，遂長兄如父般地陪著么妹一起去了，沒料到，典禮上看到多年未見的春鶴。

一身筆挺制服，聲腔高亢清晰；如果不是胸前掛著名牌，他是不敢確認的。

學士服黑壓壓一片。要不要去打招呼？怎麼打招呼？才一猶豫，禮成，不見人影。

問了么妹，只知道是學校主任教官。後來又問同樣留在臺南的胡長宣——人家後來一路念上中文所，拿了博士，回成大好多年了——才知道何春鶴教官從雄女調來，與夫婿都經歷過八二三炮戰，回臺轉任教官，儀容好，口條也好，很多學生活動都請她主持。

「怎麼？你們認識？」胡長宣反問。

他搖頭，只說是同村的人。難道不是？都二十幾年沒聯絡了，相處時又那麼幼稚。他已經記不起少女春鶴的模樣，倒是自己的女兒，來到少女年紀，以為還是孩子，誰知什麼時候，藤蔓植物般，靜悄悄往外長了出去⋯⋯

是妻子告訴他的。某個回家吃中飯的日子，桌上放了筆記本。

「這是啥物（什麼）？」

「袂曉家己（不會自己）看？」妻子沒好氣地回答。

他認得女兒的字跡，看幾行，少女的煩惱。再翻幾頁，摺好的信紙落下。陌生的字跡，矯情寫到最後，竟是男孩名字，還是學校裡識得的學生。

怎麼可能？怎麼可以？他忽地感到臉頰一陣燒，不知羞還是惱。

回到學校，午休鈴聲響了，心內火仍在燒，坐不住起身往外去。幾個還在走廊磨蹭的學生，見了他，很快縮進教室去。這半年，為了讓女兒自在，他很少巡校園，更不會直接去查她的班級，現在，隔著距離，他去看她，他知道她的座位，一班四、五十張桌椅，就算她趴在桌面，他還是不會搞混的。

一陣涼颼颼的安靜，掃過教室，假寐的女兒抬起頭來，看見他。她面露疑惑，然後皺了皺眉，嘟起嘴。那神態，他太熟了，小時候，他常輕捏她的下巴，取笑她：「妳這嘴角會當（可以）掛三斤豬肉喔。」

他把視線移開，面無表情走向其他教室。忠孝樓、仁愛樓、和平樓、信義樓。校園一棟一棟蓋起來，學生一屆一屆進來，一屆一屆離開，他敲斷一根藤條，再換一根藤條。他繼續走，空氣愈來愈往下沉，校園已經沉入夢鄉，他的火還沒熄滅，他走向男孩的班級，他想像以前那樣叫那傢伙伸出手來，狠狠抽他幾下，要不，朝他屁股鞭下去，讓他毫無自尊……

鐘聲響了，午休結束，學生一個一個糊著臉走出教室，轉開水龍頭，包括那個男孩。他停下腳步，嚴厲地看著他。那孩子，是沒睡醒呢還是根本沒看見，洗完臉，搖搖晃晃走回教室裡去。

他吸口氣，把胸腔裡的重量，深深地、深深地壓了下去。

女兒是孩子裡他唯一看著、抱著長大的。之前當兵、謀職，夫妻淨為離合怨憎，只有女兒出生後那段時間，有點家庭和樂的餘裕。那時還住在老家，每到黃昏，妻子總為晚餐忙得不可開交，他把女兒接過來，抱著在村子裡四處走。女兒那時真小，單手抱著，比書包還輕，搭在肩上走老遠也沒什麼感覺。孩子身上總帶著芳香嗎？即使是汗臭七月天，女兒洋娃娃似的，有粉嫩的香味。

那天後來，他和妻子都沒說什麼。不過，女兒回來見房間被翻過，想必知道的，可那孩子卻沒說什麼，靜靜吃晚餐，不敢明著委屈，更不敢明著生氣，就只是沒了笑容。這是哪一種青春期？以前兒子時間到了，喉嚨啞得像鴨子，大喇喇叛逆，他的藤條學校能打，家裡自然也能打，可這女兒，他是一下都沒打過。不是寵，只能說她乖，不吵不鬧，該她做的事沒一項偷懶，真犯了錯，他罰她跪，九十度跪好，跪足，時間沒到絕不准起來。

這事兒，他沒法叫她跪。第一個晚上沒提，就沒什麼時候可以再提。

夫妻倆換方向盤算。既然三弟那兒眼看就快交屋，不如就順這個勢頭，提早搬家吧。雖然妻子對這間白手起家的房子很有感情，雖然搬家後他得騎上大半鐘頭路程才能到學校，但他猶豫不多時，還是決定打醒女兒的夢。她只是個孩子，不，她根本就是個孩子，十三、四歲年紀，哪能感情如猛獸？「心串串，心蹦蹦，臉兒紅，都是為了你」，廣播電視成天放送這什麼東西，他聽了就心煩，自己太忙，時機太壞，孩子竟然就這樣長大了嗎？

去年初秋，等待鬼月過去，他們真正離開了草地家鄉。臺南一直在擴大，填運河、填魚塭，舊的滄海桑田，又有了新的滄海桑田。女兒轉到李老師學校，男女分班，城裡學生也競爭，女兒成績往下掉是難免的。他沒想逼她，也知道轉學生通常有些狀況，問了從小看她長大的李老師，沒說什麼，只抱怨請她寫日記，卻通篇淨抄宋詞，胡亂心得了事。

他不開心，但也顧不上，每天繞半個城通勤，放課沒法回家吃晚餐，只能麵攤了事。家教結束，夜很深，人家送他出來，就順便拉下鐵門。他疲憊地發動機車，經過以前舊家，現在租人當美髮屋，紅白藍三色旋轉燈到這時間也不轉了。到了鹽水溪，他不上橋，抄溪旁小路回去，偏僻黑暗，卻有哪戶人家蔓長出來夜來香，車過捲起一陣香氣。那香氣，很久以前，在老家，鄰里牆角，暮色時分，經常聞見的。那時的女兒，抱著、走著，便安靜下來，有時還睡著了。現在，花香還是同樣的花香，女兒可還是同樣的女兒？

這一路過來，關於眼前的生活與秩序，他絕少對孩子說過內心話。為什麼？他說不出口，不知怎麼說，最好不要說。即使有耳，也要無嘴。眼睛看見了，轉頭，就吞進心底去。這個心，他不想孩子們看見，可孩子們一天一天長大，時代一直一直來，上了高中的兒子，身強力壯，簡直跟大人沒兩樣，直挺挺站著與他衝突，還學人頂嘴：「時代不同了！」

一句話，新仇舊恨勾起滿腔怒火，他抬手，一個耳光就要狠摔下去，可是，孩子畢竟還是孩子，那倔強的眼神裡閃過一抹恐懼，他咬咬牙，原本爪般凌厲的手，又無望地收下了。

離開動物園前，十四、五歲的少男少女，按捺不住尖叫，歡樂奔向最後的兒童遊樂場，行程表上也為他們多留了點時間。他走回猛獸區，把鐵籠裡的獅子、老虎仔細再看一遍。前兩次來曾遇上動物表演，人們圍著看猴子騎腳踏車、獅子跳火圈，還看到黑熊表演兩腳站立，胸前有清楚的V型白毛。

真美，真奇異。他早聽劉平說過，卻從未親眼見到。

這回，沒有動物表演，黑熊趴著不動，他想看的V型白毛，沒得看了。這隻黑熊，是上次那隻踩滾桶、模仿人類走路的黑熊嗎？那是七年前的事，那隻熊還活著嗎？這種黑熊的壽命是多少呢？

這一想，他才發現自己並不清楚。

離開動物園後，他們前往臺北市區。天色開過，又陰下來。學生依然精力旺盛，遊覽車裡此起彼落接唱〈歸人沙城〉、〈拜訪春天城〉、〈橄欖樹城〉、〈三月裡的小雨〉，不亦樂乎。抵達新建成的中正紀念堂，果真淅瀝淅瀝落下雨來。無論老師學生，多是第一次來，對未曾見過的巨大空間，瞠目結舌。

學生隊伍快快行過廣場，爬上階梯，進入堂內瞻仰領袖。站崗衛兵表情嚴肅，孩子們知趣地安靜下來。銅像很大，高度、寬度要比臺南學校門口那尊大上十倍、百倍，再怎麼高個頭的孩子也不及銅像下方的碑文。

雨一直下，儀式完成，原來預定的廣場活動只能虛度。堂外濛濛，滴滴答答，原來臺北的雨是這樣的，細到看不清線條，落在地上、積在屋簷，才綿綿密密聽見了碎聲。雨下得太久，空間裡潮得很，都是雨傘或膠鞋的氣味，孩子們壓著嗓子互相推擠，不敢喧鬧但也定不下來。

從四層樓高的正堂望出去，雨霧裡朦朧可見總統府，很久以前，他路過那兒，歲末深冬，沒有雨的天氣，四處牌樓，歡慶元旦，路上有踩高蹺、走蚌殼的熱鬧，但他匆匆回家去了；再更久之前，熾熱酷暑，他北上陸軍總司令部參加政戰考試，正是眼前這片廣闊之地——如今，總統府還是總統府，去了領袖還有領袖之子，不，領袖仍在眼前——地景已非，人亦非，廣場茫茫，他已無從辨認出當年考場的位置。

晚餐之前，雨總算停了。孩子高高興興填飽肚子，把握時間去逛中華商場。不知是天暗下來的緣故，還是熱鬧過頭，這條市街不復當年給他寬闊嶄新的感覺，取而代之的是挨得緊密的各類商店，公車來來往往，陸橋是後來增建，松下電器是當年就有，那曾是他見過最大的霓虹燈廣告，可現在它不是唯一的了。

世界變得很不一樣，千嬌百媚，熙熙攘攘，人人想吃上一口好滋味，買上一點好東西，過上一份好日子。這個寶島，這粒番薯，以他的少年十五二十時，建設反共復國基地，結果卻是退出了聯合國。他的中年，埋首賺錢，沒有非非之想。「為了能繼續維持這樣一個免於饑餓、免於迫害、免於恐懼而又有些許生活快樂的生存，我願意毫無保留的支持維護我的政府和他的執政黨，並呼籲我的一千四百萬同胞，每一個人都如此作。」〈一個小市民的心聲〉，這份投書，過去十年開會、座談、上課，他不知聽過、用過多少遍，可來到此處，他才實際領教小市民描述的生活是怎樣的生活，都市是怎樣的都市。臺南，即使是府城，相對於眼前，也不過是草地而已。

他耐不住吵，也感到累了，走上天橋，想過街回旅館去。

橋中央聚著人，還沒接近便聽得女聲又泣又罵：「翕啥物（拍什麼）！看別人艱苦，你感覺趣味是嘸？」

老婦坐在地上叫嚷，面前布攤兩隻不知羊角或鹿角，還有些昆蟲標本，亂成一團，有名男子低身在那其中找些什麼。

他好奇跟著觀望。男子站起來，身形面容似曾相識……

劉平？

男子無視周遭目光，把撿起來的鏡頭仔仔細細裝妥，放進背包裡去。沒有叫嚷，也沒有道歉，朝著他的方向走來。

「劉平？」他遲疑地喊了一聲。

對方聽見了，同樣看著他。

「蘇清治？」

兩人都驚訝地笑開了。

那年暑假回臺北後，劉平放棄了師範學校，當完兵，考上專科學校念新聞。

「很忙，這幾年愈來愈忙。」劉平正要過街去上班，渾身東披西掛，像個器材架，說話倒是很精神：「臺灣愈來愈有趣了。」

他們一同走下天橋，劉平邊走邊檢查相機，這玩意兒之於他已不只是興趣，還是吃飯的傢伙。他說各式各樣什麼照片都拍，墳墓拍過，垃圾拍過，就連殺老虎也拍過。

「什麼？」車聲吵雜，他以為自己聽錯了：「殺老虎？」

「對，把老虎給宰了。」劉平故意瞪大眼：「什麼肉都有人吃。」

他搖頭，想起白天動物園籠子裡的老虎。

「嘛毋(也不)是定定(經常)有啦。」劉平正經下來，繼續說：「普通時就是翕(拍)人講話、唱歌、辦活動，無聊死。這幾冬(年)甲(較)刺激，選舉代誌濟(多)，你會記得嘸？前幾冬(年)中壢，放火燒警察局彼時陣，拄好(剛好)予我(讓我)翕(拍)到相片。」

「高雄彼擺(那次)呢？」他忽然問。

劉平搖頭：「彼擺沒翕到啥物(那次沒拍到什麼)。」

他沒再多問下去。倒是劉平問了不少教書的事。

然後，劉平說：「既然講到高雄，你和張光明，有聯絡嘸？」

他愣了一下。沒有，張光明像氣球，飛走很久了。

沒想到卻是和劉平有聯絡的。

「坦白講，我以前看不出伊的才情。」劉平說張光明北上來念美術系那幾年，常碰面，還一起聘過模特兒，他拍照，張光明畫圖。「毋過，就親像一蕊花，等久也是會開。除了畫圖，我佇(在)咖啡廳聽過伊讀詩，無騙你，大家聽甲醉茫茫。」

畢業以後，張光明想去日本學畫，無法如願，申請幾間學校，都在北縣山裡。「不時怨嘆環境無聊，這袂使(不行)、彼亦袂使(不行)，伊朋友是沒我多，毋過，你也知影，伊彼個性，若是當作朋友……」

若是當作朋友，這話針般刺了他一下。回過神來，劉平竟是說到張光明蹲了幾年牢。

他很意外，他一廂情願以為張光明會和自己一樣，隨著年紀把毛邊都給修剪了，在社會上謀個職位，謀個家庭，沒想到他竟是走了相反的路。不，依劉平的說法，張光明也不是走了什麼特別的路，只不過是重情，若是當作朋友，什麼活動叫了都去，什麼忙都幫，畫圖、寫海報，被牽連的。

本來判五年，逢上領袖崩殂，提前釋放。出獄後的張光明，教書難，繪畫也不如前，說在牢裡頭畫蛋殼、畫紙扇，畫到倒盡胃口。劉平給他介紹工作，但張光明常常喝爛了酒，該交的沒交，飯碗當然保不住。

「伊啥物時陣（什麼時候）開始啉（喝）酒？」聽到這裡，他忍不住問。

劉平嘆口氣：「伊真正完全沒佮你聯絡？」

他搖頭。沒有。真的一次都沒有。

「伊這陣佇佗位（在哪裡）？」

「這陣？這陣可憐啦。」劉平壓低了聲音：「南部有一个叫作龍發堂的所在，你敢未聽過？」

他又搖頭。

28

「你看，連你都毋知。」劉平考慮片刻，才又接著說了下去：「高雄進前暝（前一晚），伊敲（打）電話予我，氣噗噗，說伊本來無打算去，這馬（現在）欲去矣。隔天你嘛知，情形亂到我瓦斯吃袂赴（吃瓦斯都來不及），哪有法度（辦法）翕（拍）相？我嘛沒搪（遇到）著伊，毋知影（不知道）伊倒底是受到啥物（什麼）刺激……」

他默默聽著。那些年，時局風雨欲來，敢於燒掉警車的火把，似乎沒有熄滅，選舉愈來愈熱，他照舊得監票開票，壓力很大。看那些被抓去關的、臺上講話的，都是和自己差不多年紀的人，他的心情很複雜。玉山蒼蒼，碧海茫茫，婆娑之洋，美麗之島，寫得這麼美，卻是叛國言論。接著，斧頭，武士刀，連手槍都出現了，他感到非常不安。

然後，便是那件事情了。顛覆。叛亂。依法嚴懲。姑息養奸。四處都是這類聲音，又是慰問，又是捐款，大學裡的老師尚得聯名宣言反共愛國，幸好他只是草地教員。

「隔冬（年）三月，伊來臺北找我，叫我佮伊去信義路彼爿（那邊），我講毋要啦，伊就一直一直哭。我彼時陣（那時候）就感覺伊不對頭（對勁）。」

他知道劉平說的是什麼。大家報紙都看見的。劉平說，那之後，張光明愈來愈不對勁，工作和人爭吵也就算了，還把人家玻璃全給敲破。老家已經沒人能照顧他，臺中姊姊好心接了去，但畢竟是外人，夫家能容到幾時呢？

「舊年我有專工（專程）去共他看一逝（看他一次）。」劉平說：「未認得我，戇戇仔笑，但是，若想起來，就顛倒起肖。他姊姊無法度，想欲聽人介紹送他去龍發堂，問我好也不好？我哪知，哪敢作主？」

「龍發堂在佗位（哪裡）？」

「臺南、高雄彼爿（那邊），聽講是廟，毋是病院。」

「廟？」

「嗯，我也想無。你較近，若有機會去瞭解看覓（看）。」劉平苦笑：「不一定，張光明佇遐（在那裡）等你。」

他笑不出來。目送劉平走進報社，那一年閏二月，二十九日早晨，他就是由這家報紙知道了血案。「凶手心狠手辣，刀刀均中要害。」標題斗大，視覺驚悚，就連血案現場平面圖都清清楚楚登在報上。

一想起那段時期，難以承受的煩躁便籠罩過來。他以為會在報上看到認罪、求饒或是死刑，警世劇般讓社會再度噤聲、沉寂下來，可是，他看到了什麼？

——我不懷恨非法抓我、侮辱折磨我的人，以及背後指使他們這樣做的人

——我懇求上帝安慰受苦受難的共同被告，及其家人、親屬、朋友

——我求上帝原諒我的一切過錯

——我求主賜給執法庭上，聖靈的感動，完全的寬恕

這是當年虔誠室友的祈禱？還是張光明詩的朗誦？我不認罪、我願獻身、主啊，你往何處去？他明明不是教徒，為何卻被打動，彷彿泉水從很深很深的地方，冒出來，湧上來？宗教與詩意，難道真能使人慷慨奮鬥、樂觀無畏，使人冒險創造、獻身殉國？他背過的十二項綱領，所謂憑信前進，竟是在那九天軍法大審，滿滿的新聞實錄，得了見證，他感到荒謬，也有一種終於鬆了口氣的感覺……

熙熙攘攘的中華商場，愈退愈遠。宗教與詩意，張光明呀，你在哪裡？他與張光明曾經那麼親近，後來張光明卻完全疏遠了他。為什麼？張光明應該是沒把他當朋友了，他也怪怨老同學全不聯絡，藝術眼高於頂，大約只當他是沒才情的普通人，庸庸碌碌的小市民吧，誰知竟是坐牢去了……

——你知道嗎？羊是一種盲目又神經質的動物。

很年輕、很年輕的時候，家裡養過羊的張光明，曾經這樣跟他說。

——為什麼？

——羊啊，只要受到驚嚇，就會錯亂地，只想往別隻羊身上擠。

——那不是很正常嗎？牠們以為這樣比較安全。

——是嗎？但很好笑呀，一堆羊擠成一團，動來動去，根本不知道到底是哪一隻在動。若是有一隻不小心掉到山坡下去，後面整群也會一隻跟著一隻掉下去。

他想起那些羊奶的滋味，張光明帶給他的，在那之前，十七歲的他少有機會吃什麼滋養的東西，更別提詩。劉平說，張光明後來不讀詩了，悶著不說話，喝很多的酒。

「那種喝法會喝死人的。」劉平最後嘆息道：「一蕊花，變一粒石頭啊。」

張光明喝酒是什麼模樣？他的記憶裡沒有那種畫面，要說張光明曾經醉過，那也是文字醉了他，亮晶晶而瘋瘋癲癲的神態……

——老友，我不會問你為何喝酒？是一種詩意，是吧？喝了酒，星星會變成藍色，是吧？

——老友，我沒養過羊，但我兒子養過烏龜——對，我有兒子，還有一個女兒，都快長到我們當初的年紀了。

——剛說到哪兒了？對，烏龜，你知道嗎，不是所有烏龜都會把頭縮進殼裡去，還有，你知道烏龜會流眼淚嗎？

——你想必會說是烏龜傷心，但誰知道烏龜會不會傷心呢？我知道的是烏龜怕光，要不就是空氣裡有了什麼刺激，像是報紙，有幾次，報紙才剛讀完，孩子們就拿去籠子裡墊，唉，那個油墨味，簡直是讓烏龜哭到老淚縱橫呀……

他忽忽漫想，忽忽行過紅燈而不覺，見得公園號酸梅湯，才回神自己竟是直直地把衡陽路給走到了盡頭。那麼，以前那間小書店呢？

「四個下午，剛好就是四個我們。」當年的張光明說。

水之湄，男孩氣，沒有人打從這兒走過。

他辨認不出小書店該在何處，也或者，根本沒有了。

走進新公園，他在水池邊坐了會兒，早已不是下午，黑漆漆的水面映的是對面的樓影。

之後，他喝了一杯酸梅湯，買了幾個白砂糖餅，預備帶回去分給洪老師以及其他同事。倒著衡陽路走回去，剛忘了轉彎，這回走得慢些，依然沒看到小書店。大書店多了幾間，書架上沒有《水之湄》，倒是《葉珊散文集》還賣著，換了他沒看過的綠色封面。

作者楊牧。

他糊塗了。〈金門的料羅灣〉，不是葉珊嗎？要不，也是王靖獻，什麼時候又變楊牧了？他往周遭看，好幾本《北斗行》，也是楊牧。

星星，又是星星。他不知道藍色的星星如何，但他知道北斗星，見著了北斗，就能定方向，知四季。

他翻開書，讀起來，詩人似乎做丈夫，也做父親了。有著喬木和果樹的庭院，日光滿照的書房，是他的家吧？溫婉地梳攏著好看的短髮，折疊著小小的小衣裳，是他的妻吧？即將在櫻樹季節出生的，是他的孩子吧？

詩人繼續生活在他方，以優雅陌生的外國語，教授古老的詩歌，這於他是不能相比的際遇，那些唯美的字詞亦不帶有生活的塵勞。別人或許不會相信，對這個名為葉珊的同代人，他其實沒有敵意或憤忌，而是將之寄託為一個夢，他很願意葉珊替他們寫下：提琴的旋律、撲翅的鳥雀、邱比特的金箭，還有記憶底溫柔的陽光、海岸、露水、晚霞、故人、鐘樓……

那是幻想，是強說愁，倒過來倒過去的情調，彷彿海浪襲捲過後，留下來的貝殼，然而，在匱乏而恐怖的時代，那曾經安慰同等年輕敏感的張光明，甚至連他這樣的人也被安慰了……

他不知道龍發堂是什麼地方，但他知道人們怎樣對待精神病患，《瘋女十八年》演的就是鄉里間常有的事，才會那樣賣座，可是，張光明怎能變到那程度？瘋是什麼意思？一定是因為沒人理解，張光明才裝瘋賣傻吧？他，該去看他吧？該提醒他：喂，張光明！你說好的那張肖像畫，二十年了，還沒給我呢。

他走下細窄樓梯，來到櫃檯結帳，眼角瞄見兩個中學生模樣的男孩。再看一眼，是許佳行，和他的死黨郭文強。

「主任好。」兩個男孩很機靈。

「集合時間還沒到嗎？」

男孩搖頭：「老師多給我們半小時逛書店。」

「那麼，你們看了什麼？」他的視線向著許佳行手裡的書。

「沒有啦，我是幫姊姊找的。」許佳行把書藏到身後，但那充滿異國風沙的封面，瞄一眼就知道是三毛，方才走過來每間書店都擺著。

他離開，走兩步，又轉回來，打量這位男孩。衣服規規矩矩，頭髮有點長了。他忽然想說點什麼：「快畢業了，許佳行，要多努力。」

男孩不安而害羞地點頭。

「你們很快就是大人了。」他又說。

男孩依舊答不出話。

「知道了！主任。」聲音是郭文強，他在捉弄許佳行。

他笑了。他很久沒有和許佳行說話，嚴著神色要這男孩明白他已經知道了一切，他以為男孩會跟他賭氣，可是，並沒有，除了閃躲，除了尷尬，許佳行並沒有表現出更多的什麼。

他回到旅館，仔仔細細洗了澡，除去一天的細雨與塵埃，睡前把那本掛著楊牧之名的《葉珊散文集》拿出來端詳，封面是枯老的樹身。他翻著翻著忽地發覺自己真是傻了，只計劃著哪天見得張光明要帶上這本書，但是，張光明怎麼可能沒有這本書呢？

一定有的吧，只怕張光明不讀、也沒法讀這書了——不，他不該想得這樣悲哀，悲哀不是他的用詞——若是見得張光明，他該捶他一記：喂！張光明，少裝了，給我醒來，醒來讀你最愛的葉珊，不，他改名楊牧了。喂！人家都帶著妻子兒子回花蓮了，你在這兒幹嘛？——有生命比陽光還亮，比白雪清潔，比風雷勇敢——張光明！你的詩人愈寫愈好了，趕緊醒來讀呀你！

在那一天到來之前，這本書，張光明，就讓我暫時放進行李箱，帶回家給我女兒讀吧。當她還靠著注音符號認字的年紀，曾經好幾次握著鉛筆，好奇地在那本舊的《葉珊散文集》裡探險呢。

「找到認識的字，就圈起來。」他記得當時自己這樣說。

女兒低著頭，午後的光，從鐵窗戶透進來，愈拉愈長，直到她的髮梢。

圈很少，偶爾有些塗鴉。後來他一直沒有擦掉。

讀不懂的書，也讓她去讀吧。他帶著睡意想像一個父親外地旅行歸來、給兒女們買了紀念品的情景，雖然他並不時常這樣做，雖然他才剛扼殺了女兒的初戀，可是，他想試著——不，他已經試著了——說服自己：人生應該有所追求，無論如何，他還是希望，未來，等著女兒的是那種有所追求、亦能追求的人生，而他可以在那其中，做個慈藹有信的父親，撫著女兒柔嫩的髮，將那書中的字句唸給她聽：「幸福並不是不可能的，我們要它，它就來了。」

賴香吟專輯

國家與小寫的人

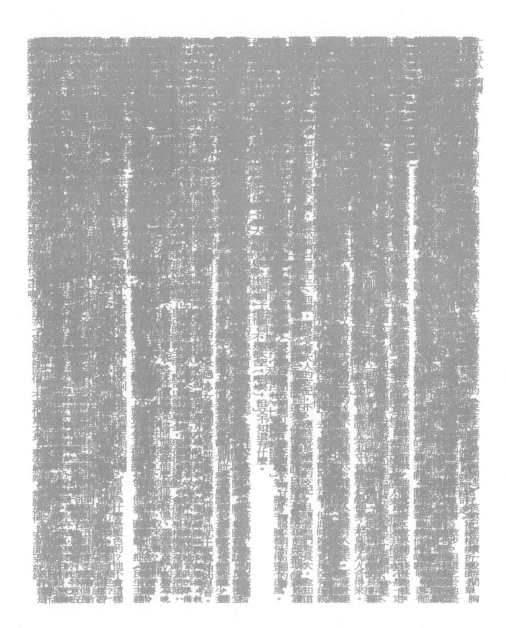

賴香吟專輯

國家與小寫的人

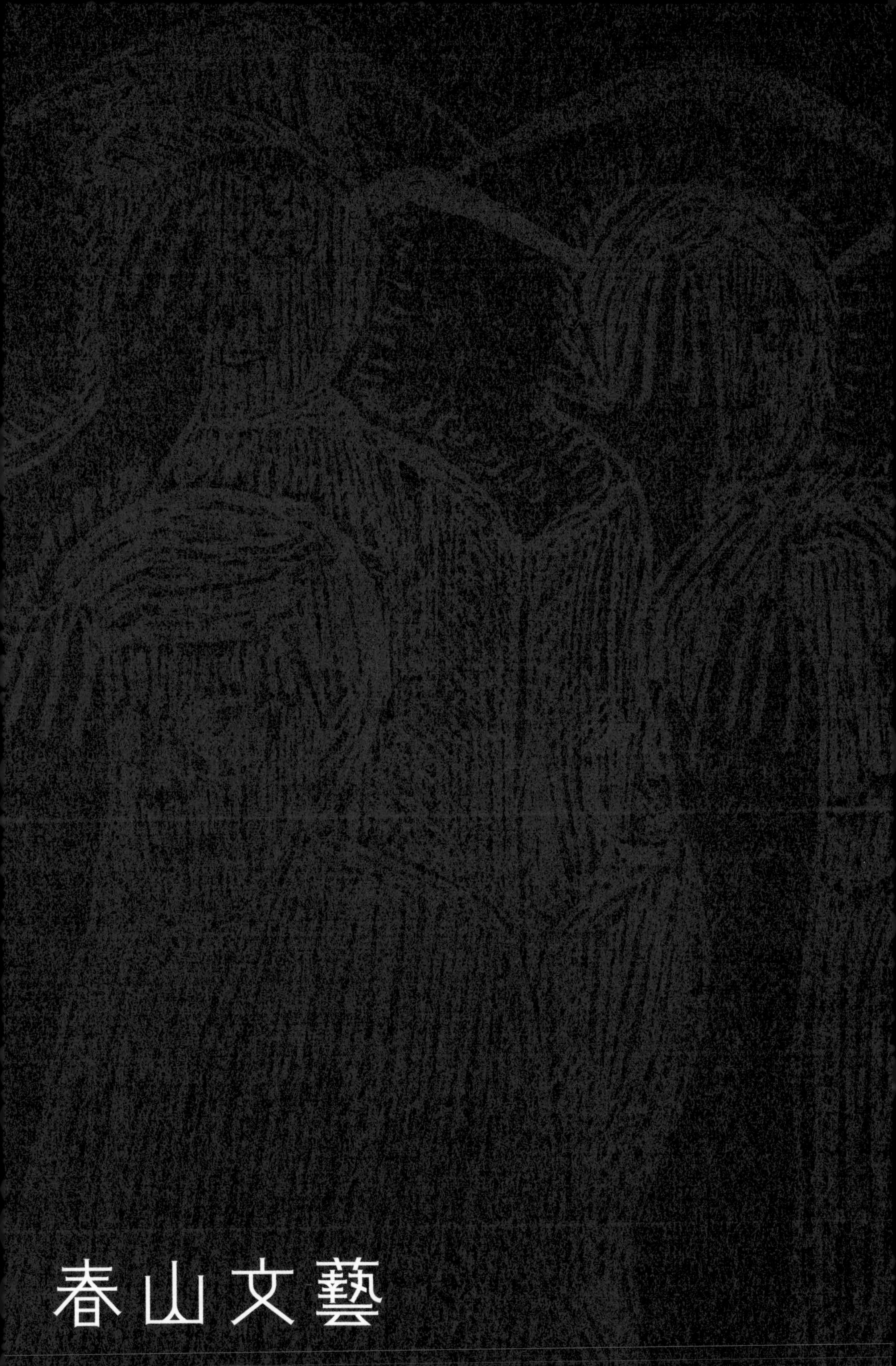
春山文藝

後者將至

——讀賴香吟的「年代五書」兼論其新作〈清治先生〉

張亦絢

一九七三年出生於臺北木柵。巴黎第三大學電影及視聽研究所碩士。早期作品，曾入選同志文學選與臺灣文學選。另著有《我們沿河冒險》（國片優良劇本佳作）、《小道消息》、《晚間娛樂：推理不必入門書》、《看電影的慾望》，長篇小說《愛的不久時：南特／巴黎回憶錄》（臺北國際書展大賞入圍）、《永別書：在我不在的時代》（臺北國際書展大賞入圍），短篇小說集《性意思史》獲 Openbook 年度好書獎，近作為《我討厭過的大人們》。二〇一九起，在 *BIOS Monthly* 撰「麻煩電影一下」專欄。

網站：nathaliechang.wixsite.com/nathaliechang

在《翻譯者》當中，有五篇小說，除了篇名以外，還附有年分。每一篇固然單獨成立，但看完後，自然會發覺篇與篇之間，存在藕斷絲連的關係。五個年分對應了五個臺灣的政治事件，從晚到早的分別是，臺灣第一次總統直選與中國的飛彈恫嚇（五）——臺灣第一次舉行北高兩市市長選舉（四）——回溯一九八八年臺灣戰後最大農民運動五二〇（三）——觸及二二八的電影《悲情城市》上映（二）——臺灣解除三十八年的戒嚴令（一）。

這五篇分別是〈虛構一九八七〉、〈野地一九八九〉、〈情書一九九一〉、〈喧嘩一九九四〉與〈婚禮一九九六〉。

1 年代五書：進取與失意的二重奏

為了方便討論，我將這五篇稱為「年代五書」。

「年代五書」中，揚五二○運動抑野百合學運，從社會運動的圈內語言來說，大抵反映了一種「本土但批判民進黨」的史觀——雖然也可能純然是作者個人的立場——曾參與過野百合學運的學生群中，若干人也是非常快地對被民進黨吸收／收編一事，採取斷然與否定的態度。或者是因為社／學運的批判性，或者是因為與國民黨的親合性，原因可能包含從最激進到最保守的光譜。

在末篇〈婚禮一九九六〉中，串起五篇的女人「新新」，在面對工作邀約時，自語自己「早習慣了被稱作黨國體制下的乖乖牌，連臺灣話都說不好」，這裡的「黨國體制」，在那個時空裡，說的只可能是「國民黨」。但賴香吟筆下人物對類國民黨標籤的若即若離與入黨仍有距離（小說從未明說），與朱天心式的懷舊激憤大抵也有相當差異，而更似對「世間失意者」的無法放下——這種失意，並非在爭權奪利中落敗，而有更複雜的情結。

反覆出現的問題是：人如何可以在人生中兼顧進取的精神，又不拋棄失意者？

如果先將「國家大事」放一邊，五篇連作最有意思的是「敘述人稱的變化」與「得／失意」主題的勾連。新新在五篇中，位置變化了多次：主述者，被述者，被述者，旁聽（提問）者，與第三人稱。每篇都存在失意者，次篇是考場失意，三篇是情場失意，四篇是政治失意，五篇再次集失意大成，是為失意總帳——我把首篇〈虛構一九八七〉留到最後來說，因為它非常有意思：

「我」是在南臺灣小鎮中的高中生，一九八七度過聯考，順利升大學。小說記載了「二二八」在那一年學生之間頻繁被討論的狀態，然而平行於這個「新知」的還有兩事。一個是班上有個名為「謝彩文」的女生因病去世，「我」從她的死亡「得到靈感」，以她為小說主角「虛構」要交給文藝營的小說。

2 第一書：虛構父親與請問死亡

「我」與謝彩文一點都不交好，也沒去她的葬禮。但是「我」偶遇管圖書館的韋老師，發現韋老師竟然惦念與惋惜謝彩文的死，還揭露了謝彩文常去圖書館一事。小說中完全沒有明言，「我」受到極大刺激，可是這個刺激是難以忽視的：「我」與老師的差別，是孩子與成人的差別，孩子只喜歡可親可愛的人，謝彩文非常不討喜，「我」原來是無法對她產生感情的，然而在成人的想法裡，謝彩文是個年輕生命，不只是限於帶來愉快感受與否的對象，明顯有比孩子更寬闊的觀點。

「我」發現謝彩文竟是值得愛的，甚至是潛在的「同類」與「競爭（關愛）者」。於是開始編造韋老師收養謝彩文為養女的情節——這不是虛構同學，也是「虛構父親」的故事。

外在環境中的氣氛自然滲入了，「我」認為「血統不同」的「韋老師」對謝彩文不可能全心關愛，自從「學長」來問：「妳不會連妳是本省外省人都不知道吧？」後，「父女」感情更加被「離間」。這個被評為「做作」的「小說中的小說」，不無黑色幽默地反映了那個時辰的「省籍焦慮」：

「我」致力於不給謝彩文好的結局，相當於要駁倒最初的虛構動力：謝彩文值得愛。這裡可以開發各種詮釋：與死小孩爭寵，「我」投射自恨自鄙，或只是青春的疑懼與控訴。

雖曰「做作」，但遙指的，難道不是臺灣文學中，長年不可觸碰的禁忌嗎？總是有些外省文人的慈父形象，導致政治反思與以本省出發的身世擱淺不進。這是不能寫成正式文學小說，只能托拙劣文藝少女的「虛構」之筆揭幕的主題，可說諷刺十足。

此外，在荒謬中，也扣問了以下問題：如果不思考死亡，悼念或記憶有意義嗎？如果不愛生者，「使用」其死亡，是種自由嗎？這個問題不只該問文藝少女，也隱含這樣的命題：以歷史與政治講述二二八的不正常死亡是足夠的嗎？如果面對一個謝彩文的「普通死亡」，悼亡的資格都如此七上八下，傳述二二八，我們又該有什麼樣的「反求諸己」呢？

3 第二書：留級生看《悲情城市》

次篇以文學刊物《野地》為篇名，從高女留級生與重考生楊臨玉的眼中，看已成了大學生的新新。兩人同是無殼蝸牛族，臨玉且是沒錢付房租靠著新新的小蝸牛。帶出的政治事件前有鄭南榕自焚後的遊行，中有六四，後有抗議高房價的無殼蝸牛運動——擴大社會參與，一直是解嚴的形象之一，然而正因為擴大參與，也使得參與間的不平等落差更加明顯。大學生成為年輕人代言者的同時，大學生以外的年輕族群更加隱沒，更不用說重考生了。小說於是反其道而行。

臨玉出現的意義是多重的，小說始於她決定放棄補習，她與政治的疏離，不如說是「被疏離」，因為大半社會參與是有身分門檻的，大學生差不多就是最低門檻。如果進入被遺忘，也就是一種死亡，結尾電影《悲情城市》演的是二二八中被遺忘的人們，臨玉哭的可以說是，她在一九八九年自己當下的死亡。

被遺忘是相對的，臨玉還與在金門的男友持續「通信」，接著的章節則會進入人生的「不通信」。

4 第三書：暗啞一聲與一世

這種社會結構造成的痛苦，在第三書，日記體構成的〈情書一九九一〉中，會繼續延伸。「我還是經常覺得與你們有隔閡」，這裡的「我」是成長於農家的大學生劉其明，「你們」大約是所有不識農的學院人。透過日記反芻分手仍未忘情，寫出令人吃驚的啟蒙創傷——不只在五二〇警察鎮暴農運當時，「叫不出來」——而是親如男女朋友，即使同坐在中正堂時，也沒有說起。這裡清脆地打破了某種神話，假設「大學生是大學生，農民是農民」，兩者是分離的——也寫出不同於大學生總只是去「聲援弱勢」的誤差認知，劉其明「無聲」復「無援」，儘管從外在行動來看，他一直「聲援」——而他外在行動勇敢積極與內心情感崩潰恐懼的反差，既因為他「就是當事人」，關心則亂，也因為超乎日常經驗的鎮暴殘酷性。

此處可稍微補充的是，在美麗島事件中繫獄的楊青矗，在解嚴前已戮力寫出臺灣農民地位持續跌落，社會的「厭農」情結——尤其在性慾層面「排農」。劉其明所處的年代，「厭農」的現象是持續的，而「相對於農工運，學運是較受『禮遇』」的這個普遍輕描淡寫的說法，小說透過劉其明激烈甚至扭曲的自曝，下了銳利的重筆評點。其明凶暴的自戀與對「最能帶來像是學生生活的新新」的強烈依附，從其身為歷史與國家的孤兒狀態來看，理解才會更完整。至於把這篇視為側寫「野百合學運」的評論，我認為「側寫」是在，但也是種比較失焦的談法。

如果篇三是學運情侶分離與學生社會（農）運動在場者的內傷報告，篇四著床在比學運年紀更長的一輩，放逐於日本，是否就平穩？篇四篇五的文體相異，但有不少段落都指向「不會過日常生活」的問題：尤其是「不會過共同生活」，「在有政治生活之後，就不會過日常生活。」

5 第四書：如果，我們不在同溫層？

〈喧嘩一九九四〉一如前面每一篇，都避免明說人物意識形態與政黨歸屬標籤，然而，透過言論內容，人物都有一定的辨識度。主述者老鹽拿了「第一屆黨員證」，這自然是民進黨，否則，他就成百年老妖了。跑到日本，部分是為逃避不諧的婚姻。

其明的「內外分裂」也出現在老鹽身上，綜合他人與他自己的看法，老鹽是「沒有黨的」：有黨證，沒黨性。他的妻子推論是「新黨人」——在九四年臺北市長選舉前，九三年成立的新黨，建黨之前的黨人，就是高曝光率的國民黨好戰派，九四年市長敗選，與藍軍分裂有關，而不完全是本土認同勝利。以投票人口觀察，新黨在臺北市曾占約三〇%的人口，在媒體與文化界的相關產業裡，當時的活躍氣焰，遠非今日所能想像。

老鹽與每任女友都存在生命性情的未能相容，他代表了「愛情也難以彌合的政治文化撕裂傷」，是「求同存異」實驗／實踐失敗的先行者——用今天的話來說，他不只沒有「停在同溫層」，用他自己的話來說，「也只有那樣緊繃著，我們才可能保持清醒和自由，而不是輕輕鬆鬆在相濡以沫中麻痺掉。」

這一篇的另一重作用，是從半醉半醒的老鹽酒話中，給出某種新新的「近似值」。若說老鹽與新新互為鏡像，可能太粗糙與武斷，兩方的關係其實沒有那麼齊整與對稱，「『我想我們很接近，』老鹽對新新說，『但是，我也知道，現在的我處在一種非常遠離於妳的狀態中……』」

兩者的遠近，是以什麼為座標呢？老鹽說自己「老是選到和自己相左的東西」，所以他工作的報社與感情的對象，都存在與他政治立場的對立面。在下一篇會真正出場的「程立人」，在這篇會扮演類似「分界尺」的角色，程立人很嘔老鹽的太太，會當老鹽面模仿嘲笑她的政治語言，老鹽對新新「惺惺相惜」的部分就在「妳和他差太多了」。用比較速食的語言來說，程立人在老鹽眼中，代表的是「政治動物」與「贏家」，而新新是種「反政治動物」的試劑——程立人遇到她，會變「人性」，老鹽自己「反政治動物」的一面也會浮出。

「反政治動物」並不是無知或「政治冷感」，小說給出一句意味深遠的定義：「真的不帶觀點的人」。我們都知道，在現實中，不管人們再怎麼努力，「不帶觀點」，都被社會學的研究發現，具有一定的困難度。人們會被成長的環境與預塑的心智結構影響，以觀看一事為例，常常不是「所見即所信」，而是「所信即所見」。但偏見與短視等問題都會在此上寄生運作。人文學科對如何透過後天的警覺與方法，懸置「預設立場」，有非常多討論，在道德理論裡，也論述為何「中立」能力，應該是道德的最基本條件。小說所言「不帶觀點」，其意更近於「預先清空成見」。

雖然很容易被與鄉愿或缺乏核心的思想嚴重混淆，在這裡，我還是想用一個簡單的比喻，說明這個元素：任何測量儀器，如果沒辦法令它歸零，它所顯示的數值，就是錯誤或沒有意義的。如果這個有毛病的測量儀器是你的體重計，相信你會修理或是直接廢棄。然而，如果是個人或社會的認識能力，無法歸零呢？

小至人我之間的理解謬誤，大至政治環境的設計不佳，都與這個問題，脫離不了關係。以「轉型正義」為例，它也是在某個範圍裡，試圖恢復社會的歸零能力。「歸零」並不意味著「永遠為零」，之後的各種測度，仍是必要的自由。然而，若沒有這個對「零度」的保存意識與追求，所謂政治的剪裁歧見或價值辯論，很可能就只會淪為刻舟求劍。

究竟，什麼才是臺灣的「零點」呢？

6 歸零力是意識點

不從這個詰問來理解賴香吟的小說，就很難掌握其提供的尖銳思辨。而無論不耐其對政治事件的「超低限」描述，或搖頭其為文青感懷（或現在會說「覺青」也不一定）的矯情潔癖，可說也多肇因於未將此「對零點的尋找與思索」充分納入視野。這個零點無法依賴有形的儀器，相反的，它是一個必須不斷被生產與製造的「意識點」，如果文學具有這種「歸零力」，我們或許可以說，在此浮現了一種文學與政治，文學與歷史平等交換的可能。前者不再是後者的使命奴僕，後者也不再是前者的美學降格。

篇四與篇首尚有一對位關係，這兩篇當中都出現了「在近處的死亡」——無論老鹽或新新，兩人對情人與女同學的死亡，都既沒有直接的責任，又沒有遺忘的自由。兩篇也都觸及了「愛之極限」的問題。篇四的情侶衝突，其對立點也頗堪玩味。對立有兩點：較顯著的是政治與藝術的心靈交互絞殺，較不顯著的是留臺或離臺的拉鋸。讓我們從較不顯著的點說起。

7 「留臺絕望論」已成往事了嗎？

戒嚴時期，遷徙自由是受到種種箝制的，除了政治上的黑名單外，留學或旅遊的「放行」，也是威權體制的社會控制手段之一。老鹽與新新對談時，已是解嚴後，但是小說末的留日學生戀情，時間落點在哪裡呢？

報禁解除時，老鹽開始做記者，戀情發生在二十出頭，所以儘管本篇許多話題圍繞在解嚴後的政治氛圍，篇末事件的時間落點，應是解嚴之前。「她不認為回去是有路走的。」——任何年代任何國度，為了藝術遠走他國，都有「常態」與「非常態」兩種情況：常態，是因為跨國是某些藝術工作者的工作內容；非常態，則牽涉到想脫離迫害的出走潮或流亡，比如納粹當政時期移往美國的歐洲移民，或六四之後中國留學生的出走潮等。

不過，在篇四驚鴻一瞥的「一個年輕（愛）藝術家之死」，不見得只能以老鹽口中的性情或身心有病視之，就算以比較概括的時代語言如「崇洋媚外」，也有不足。從戰後到解嚴前的臺灣藝術環境是什麼？這是我立刻會想到的問題，也是小說中有意義的歷史折返點。

如果我們是不能預見解嚴到來的一代，我們是否就能免於「留臺絕望論」？

即便我們已經身處在解嚴三十多年後，我們是否就已解決「留臺絕望論」？

在另一篇小說〈後四日〉中，「男性候選人宣稱當選卸任後一定會留在臺灣，不會赴美的頭版新聞」，讓不是非常有脾氣的杜先生「氣憤憤」，他認為「這不是天經地義的事？」——當然，政治人物的去留與一般民眾還是有些不同。「走或留」，在臺灣歷史中，相較於其他國家，蘊含了更多、未必能全部細剖的意味。

在地理座標上的臺灣島以外，似乎存在一個心理上的臺灣，會因為人們只是做出「走或留」的決定，存活或垮掉——我認為在其他地域中，無論是不是因為政治體制較明確且不受威脅，總之，這種脆弱感與焦慮，可說較少存在。在最一般的情況中，走或留，只關係個人事務的層面，不常上升至可以檢驗道德或感情質地的位階。

在最近幾年公視製作的節目當中，臺灣青少年也仍然為此困擾。儘管表述的方式不同了，但「走或留」帶有強烈道德，甚至歷史意義與價值判斷的嚴重性，應該可以視為一個值得注意的症候。[1]也因此，篇四的走族與留（臺）族對立，並不單單是興致不同，也不必然可從出國與否區分，老鹽也「出去」，但自我定義為「出去是為了回去」——所以說到底，走或留的差異，不是身在何處，而更是「在乎與否」之「在」。其實說兩方是「記憶與遺忘的鬥爭」也可。

或許，沒能使「想像的共同體」共時存在，才是「吵政治」背後的癥結。另一對立點：愛藝術與愛歷史國家，兩者竟不能相互取火（種）。這是一個理論上不必發生，但曾經循環上演的怪現象。解嚴沒多久，曾有個事件，小提琴手在學生運動現場欲奏樂，然卻引起反對，記得是有人認為小提琴（這個符號）太不政治了——藝術與政治兩者之間，為何存在猜忌與迴避，覺得對方會偷走己方的靈魂？如果挖掘它的根源，我認為可以找出臺灣歷史潛伏的若干陷落。就算這個奇怪的兩難，今日較不復存在，但這個歷程怎麼發生的？應有不少有趣的問題，值得羅列與探討。

綜上所述，「年代五書」喚出的歷史記憶，與其說是內容陳述，更多是問題意識與敏感點的叢聚。在進入對第五書的討論之前，我想先談談使用的小說技法。基本上，如同上述討論直接點出內容的歷史指涉，小說用得極為節約——賴香吟基本上，在前四書中，大量省略了小說敘事的情節交代或人物塑造——採用最多的是，「說白」的呈現。形式上運用了：新新的第一人稱，臨玉的第一人稱，其明的日記，與老鹽的自白（新新的在場是使自白成為可能。尚難稱是兩者的對話）——第四書與翁鬧〈天亮前的戀愛故事〉的傳承關係，極為明顯。

8 語言感覺，做為政治的前哨站

此外，在篇名題眼與內容上，有著微妙的逆反對應。〈虛構〉是我「非虛構的虛構」，〈野地〉是「我失去的野地」，〈情書〉是「沒人會收到的情書」，〈喧嘩〉是「一個人的喧嘩」。一、二書固然還有傳統小說的起始串連，但「自白體」才是四書的核心。這個體裁用得最凶的是太宰治，近年可以讀到的作者則有智利作家博拉紐。推理小說大量使用時，著重兩個效果，一個是懸疑，另一個則是訴諸讀者的判讀力：自白者是否避重就輕？前後矛盾？力有未逮？「自白體」在「年代五書」中的運用，兼收了多種效果，這些「說詞檔案」一方面使話語高升至主角的位置，另方面還必須與它們在社會交換過程中的失敗下墜合併看待。下墜：寫不成的小說，投不成稿的刊物，不能投遞的情書與清醒後就必須當作無痕跡的酒後語——這些形式，都不是單純書寫策略變化，而是反應了小說家對「語言正典的條件」而非只是「語言正典的內容」的認識與把握。而誰論及條件，必論及不平等。

如果戒嚴時期，「一言堂」或「政令宣導」是威權體制扭曲後的「大宗語言」，伴隨解嚴而來的「言論自由」，所謂的「話匣子打開」，放出的「覺醒語」或「啟蒙語」，反倒顯得古怪突兀——感覺近乎「不正當不真誠」。「殖民、虐殺、戒嚴、迫害、萬年國會。就在不久之前，這些辭彙從未出現我的腦中，呵，我的世界多麼純潔，多麼無知……」，「天地忽然破了一個大洞，祕密與醜陋如泥漿般滾洩出來」，「我們彼此炫耀知識，唯恐暴露自己所知仍然停留在解嚴之前……」

「做作」兩字變換著不同意義貫串首篇，最後成為「被擁抱的刺蝟」。除了讚嘆賴香吟捕捉社會氣氛的準度外，值得思索的還有「二度傷害」的問題。就歷史記憶而言，創傷性的「一度傷害」既不能迴避，也「難以成形」——葛莉賽達・波洛克（Griselda Pollock）是這樣說的：「創傷有四種特性。它永遠存在於當下，因為它絕不會經由敘事而成為記憶。它會發生，不過『它』到底是什麼，發生事件的當事人並不清楚……總是存在，卻又不得而知……這個不得而知又不復記憶的事件，就會以某種替代形式回來……它是可以傳輸的，精確地一代代傳下去，因為它從未成為一個敘事，也還未用言語表達過。」[2]

9 二二八創傷：從陌生到認識

諸如二二八這樣慘重的事件，核心就是「存在、非知、替代復返且會代間傳輸」的「創傷」——所謂「知道二二八」，注定也是「不知道二二八」，即便「知道」它的（不斷改變的）歷史定義，也不可能「知道」它「壓倒（知識）性的創傷核心」。做為戒嚴期間的禁忌之一，二二八與戒嚴具有部分可換性，同時也都在「創傷」轄下。而解嚴的課題，首當其衝，就是戒嚴期間「知識模式的無效性」。這個無效性，解嚴之後，必須克服的並不只是二二八「論域的有或無」，而是「論域模式的根本性轉換」——必須從「掩埋創傷」轉換到「出土創傷」。這總是（過於）劇烈的轉換。

基本上，「年代五書」應該可以被看作，處理臺灣歷史中「二度傷害」最全面與成熟的典範之作。這個「二度傷害」是什麼？從表面現象來看，可以說是接近創傷時，已知者與後知者，能言者與無語者之間的緊張壓迫，以及指導者與受教者，行動者與迷（途）惑者彼此的嫌隙不快——然而，必須仔細辨識並指出，「二度傷害」在經驗與感受上，具有疼痛與不適，其本質仍不同於「一度傷害」——沒有「一度傷害」，想要二度傷害也傷害不到——所以，並不存在可以單獨理解「二度傷害」之法。

10 沒有一度傷害（創傷），就沒有二度傷害：解嚴為分水嶺的知識近用權（「後者」的誕生）

而「二度傷害」固然是銜接「一度傷害」而浮出的結構，傷害的發生，仍伴隨另一重「不平等」——什麼是決定「知情先後」的關鍵？年紀？教育？人際？省籍？出生地？家庭關係？如果新新在首篇，被集中呈現其「慢半拍」，聽到二二八發楞，覺得是「祕語」——這種「門外漢」的放逐感，在篇二完全倒轉了，臨玉眼中「新新太強勢了，我不愉快，不能接受新新變得那麼強勢，我不懂，是啦，我很多不懂，不懂學院，不懂政治，不懂歷史，不懂我們全都被騙了」。

盛讚〈虛構一九八七〉的鄭清文，曾以「從沒知沒覺的角度」[3]指認賴香吟的小說筆法，我認為非常準確。然而，或有必要，更細膩地探究，「沒知沒覺」與時間歷程的辯證：其實，所有的「知情者」無不會在先前經驗過「沒知沒覺」，在知與不知之間，時間的差異非常關鍵，「沒知沒覺」經常是「後知後覺」中的「後」，「後得太長時間後得太厲害了」，因此也就等於「不知不覺」（沒知沒覺）。然而，「後」一旦被打破了，又怎知不能迎頭趕上？

「年代五書」中，處處可見「後者的自覺」。「後者」的極端除了「不覺」，在解嚴後，也包括了「被壓抑」與「被拋棄」等意涵——所以，它也總是與意識到「前者」的存在同時發生，如果我們通常以「上下」說明社會的階層，此處產生了一個以「先後」劃分的心理與身分指涉。「後」或許能較明確地以「戒嚴停留」概括之，但「先」應該「先成如何先什麼，先到哪裡才夠先，先到哪裡才不算後」，這是解嚴十年間，不斷浮現的問題。

「先後」的相對問題，在〈婚禮一九九六〉，「年代五書」的末篇，也以夢境方式出現。不過，在進入對末篇的討論前，我想稍加小結賴香吟書寫「二度傷害」的特殊性：在臺灣出現的論述與文學史中，一度出現過將「二度傷害」與「一度傷害」分割，且錯認「二度傷害」為對「一度傷害」抵制的合理性起點的態度，因而出現了像「解嚴創傷」這類「似是而非」的修辭，把解嚴得以處理創傷，錯置為「解嚴造成創傷」。至於聚焦「一度傷害」的論述，則幾乎會完全跳過「二度傷害」的內容：畢竟，像「太強勢」這類感受，實難說是「可辯駁」的事項，然而，就人們的經驗與感情而言，卻完全不然。透過技巧袒露「二度傷害」的「二度」，賴香吟聯結了「歷史創傷」（一度傷害）與「社會不平等的日常性」，使我們在認識「創傷」的「二次性」時，一併瞭解「二次性」發生的社會脈絡，提供了「歷史／戒嚴創傷」極具參考性的框架，尤能解開「解嚴創傷」此一思路的閉鎖與限制。

11 第五書，破不了的關：愛情或階級？

如果說「年代五書」的前四書，處理了島嶼的時間問題，第五書〈婚禮一九九六〉則疊加了空間。四、五書都出現了「臺灣在日本」，也都有個共同點：地理日本，歷史臺灣。從任何外部眼光看，臺灣島與中國軍事威脅的潛在衝突，都是一個顯著的事實。一九九六臺灣總統大選前夕，在俗稱的「臺海危機」中，共軍透過演習對臺恫嚇成為國際新聞。「同樣海島，東京此刻正在迎接一年最美的季節」。在日本的臺灣友人淑瑤開始「整天緊張兮兮想哭」，新新則發現，再懂歷史的日本人，也沒法充分與臺灣人共知共感。再一次，我們看到「臺灣性」，比所居地更大更複雜的存在。唯一全知觀點的這一篇，令新新與所有的人物再遇，小結自解嚴十年之末，眾人的改變。其明的人格毀容更加劇烈了，甚至「以（與他人的）婚禮假面」做為向新新求愛的殺手鐧——這兩人的「戀愛」，詭異地同時那麼像兩個人的「單戀與暗戀」，他選擇五二〇為婚期，再次回應〈情書一九九一〉中，這個數字的階級性記憶與「夢碎」的象徵。

其明愈假，新新愈「闌珊」，感情難斷，只有靠「婚斷」。老鹽口中能讓最虛浮的人變得真誠的新新，也有破不了的關。個人性格與情愛，畢竟不是萬靈丹。如果其明代表臺灣底層，因為失語轉向精神暴力，靠攏金與權的那面，小說在讓「讀者知情」的同時，也呈現了「新新始終未知情」的兩面性，多少暗示了，如果不打破這種知情位置的差別與區隔，痛苦與誤解仍會糾結，而這仍是臺灣未決的課題。

12 〈清治先生〉與諸大後：「軍公教」會有什麼禁忌呢？

目前讀到的〈清治先生〉，屬於「白色畫像」系列，形式上與上述「年代五書」同樣令年代入標題，目前的四書連作看起來是完整的——起於一九五八（八二三炮戰）終於一九八二（美麗島事件受刑人入監服刑，若干輕罪者已服滿出獄）。串連者蘇清治的原型令人想起小說〈後四日〉中的杜先生，自道「阿公有十八趴……這本來就是不義之財，本來就是拿他們的」——「他們」，很明確也很含糊的說法——「我曾在他們之中」。

我讀〈清治先生〉的感受是非常激動與欣喜的：一方面，這篇作品得以補強過去對賴香吟的若干推論，在小說方法上，雖不似「年代五書」繁複，但更加游刃有餘，小說技巧的颯爽明快，十分清晰可感；另方面，就臺灣政治與歷史的角度而言，這個書寫計畫的關鍵性，較之「年代五書」，可說「有過之而無不及」：它們都展現了賴香吟對「後」的高度敏感與關注。如果「年代五書」處理了個人政治與歷史啟蒙的「諸小後」問題，〈清治先生〉的「清治四書」進入整理「諸大後」：臺灣人從軍，臺灣人在學校任教與做政戰如清治——傳統認為「最外省或最政治反動」的職業領域，臺灣人究竟是如何在其中「安身立命」？清治大概是「情治」的一種換名，他的職業與情治有關，但他對自己的要求，則是力圖在情治上清治。

他們是楊牧的同代人與讀者，楊牧換了筆名，在創作與生命上都完成了某種持續與改變——四個師範的同學，胡長宣、劉平、張光明與蘇清治，共讀過楊牧之後，各自發展。末篇蘇清治帶學生到臺北參觀動物園與中正紀念堂，動物園不無遙映監獄與龍發堂的意味。清治巧遇曾到各個政治事件現場的攝影記者劉平——得知張光明劫後餘生，有了難以想像的境遇——此時清治的「後知後覺者」身分可說「完備」了後知，但終於也是「知」了。他已變成最後一棒。

在同時，在行動上會被認為「先知先覺」的張光明，反而很可能已被迫「不知不覺」。清治因為「在後」，仍然可以被感覺到保有天真與元氣——然而，這只是他的「後者之初」，成為「後者」，相對於「更後者」，屬於「前者」經受的衝擊與重負，已然降臨：他還不知道他將會面對的殘酷，有多殘酷。小說溫婉地停留在此處，溫婉是表，實則殘酷是裡。

在情治裡清治，不找思想有問題的人，反而背書人們「思想沒問題」——雖然荒謬，但從各國的歷史來看，都是存在的，這也是位於情治點上，才可能做的「反生產力工作」——曾有讓黨國體制失靈的一粒沙。賴香吟再次使用最近於「不帶任何觀點」的書寫力，寫下「有黨職，無黨魂」的蘇清治。表面上是個人聰穎厚道因而良知近於無愧，實則仍讓我們看到黨國系統制定職業結構與內容的效率與輕易。清治的生涯大抵還是有幸運的成分，所謂「潔身自好」並非沒有風險與難度，從他「特例」的眼光，也見證了「凡例」令人頭痛的「平庸之惡」。外省的俗語有說「好男不當兵」，從軍是家無恆產不得已的選擇，臺灣少女春鶴從軍，貧窮同樣是推力。與黨國機器保持距離，孤女無資本——「軍公教」以其與國民黨的緊密關係，經常被標籤為臺灣民主運動的「大後者」，〈清治先生〉爬梳了一部分「大後者」的生命情境與歷程，正如「年代五書」將「解嚴族」細緻化的努力。

被標誌為「後者」容易表述缺席，往往也最難進行分殊化的記憶遞交，這是「年代五書」中，賴香吟即已開始的補救工程。

賴香吟的「後者」經常是辯證的位置，而非固定的形象。這是一個處理不慎就會像「洗白」的工作，然而〈清治先生〉開始了這項艱難與複雜的使命：國家、政黨與職業固然指派了一部分記憶內容或義務給其受僱者，但是受僱者本身有其個人記憶與收發改寫——在拆散國家強迫性單一記憶的過程中，「後者」的進入與重寫，意義絕對不會小於「前者」。後者將至，這是賴香吟帶來的訊息：我們唯有「瞻前顧後」，從每個地方都開始，才能完整歷史記憶的每種部署。

注釋

1 「如果到時候真的爆發戰爭，然後我們真的就是走了，那會不會歷史在這個時間點，就為我們記上一筆，就有可能說這些人，沒有留在臺灣幫忙什麼……」，〈十二位臺灣青少年 深談國家認同與未來〉，公共電視「青春發言人」。https://www.youtube.com/watch?v=ebRmX-5gPfU

2 葛莉賽達．波洛克（Griselda Pollock），序文〈一篇非常個人的介紹〉，收錄於陳香君著，周靈芝、項幼蓉譯，《紀念之外：二二八事件．創傷與性別差異的美學》。臺北：臺灣女性藝術協會、典藏藝術家庭出版，二〇一四。

3 第二屆臺灣文學獎評審評語，轉引自劉亮雅，《遲來的後殖民：再論解嚴以來臺灣小說》。臺北：臺大出版中心，二〇一四。

重層時間的探測者

黃丞儀
中研院法律所研究員

賴香吟的小說向來充滿時間感，她擅長讓讀者在不經意間開始思考時間對於小說人物的影響。不是單純「時移事往」的抒情感慨，而是清楚地感受到「本來只是單純發生的事情現在變成了『歷史』」[1]。不同的時間與存有，到了賴香吟的小說裡面，一一凝結成歷史的切片。

〈白色畫像——清治先生〉這一組四篇小說，橫貫中學教師蘇清治的少年、青壯年和中年，從臺灣的五〇年代一路書寫到八〇年代，穿插許多歷史事件做為背景，例如八二三炮戰、國軍新文藝運動、蔣介石逝世、越戰、美麗島大審、林宅血案。作者的企圖心看似宏大，意圖以文學來立史傳。但是，故事的重心卻不在於外在世界的變化，而是委婉地碰觸個人生命的感知與失去，以細膩幽微的情感轉折來對映時代的伏流。

曾經在最肅殺的歲月裡，少年清治透過狂狷的張光明接觸到了詩裡的寂寞。他問張光明：「文學內底寫的，你真正當作真的？」張光明反問他：「當作真的，有啥物不好？」後來給四位少年友人畫素描，張光明再次強調「這也是真的呀」、「用畫的才有詩意」。在那個真假難辨的年代，詩意成了水之湄的少女足音。對映著清治不知是因憐憫或因習慣而縈繞心頭的少女春鶴。真實生活中少女走過的是田埂，是八二三戰場。少女比少年更早拿起槍桿，「經歷生死與共的生活」，在炮火中找到了託付終生的對象。相形之下，少年的友人還沉醉在雪與火、冷與熱、白與紅的對比。詩意，是掩蓋歷史現場血腥味的廉價芳香劑。清治到底懂不懂鳳尾草和水邊的關係，其實一點都不重要。他將在未來的日子裡，漸漸理解「以假當真」才是在這世上活下去的重要本領。就像青年清治滾瓜爛熟地背誦十二項推行綱領，牢記「實踐言行一致的精神」、「鼓舞樂觀無畏的精神」、「強固雪恥復仇的精神」，唯有把這些政治口號當真，把假的做到真假難辨，才能獲得最高榮譽，站上國家的舞臺接受領袖嘉勉。

中年的清治，見到了繼承父業的領袖之子，表現出和領袖高高在上完全不同的親民作風，四處與民眾握手，他不停地在內心進行辯證：「握握手又怎麼樣？千萬別傻！中計你就死定了！但又何必這麼多疑？眼見為憑，明明就親民愛物，國家大事若人人都有意見，能怎麼治？」不相信眼前看到的一切，那該相信什麼？蔣經國究竟是民主的推手，還是獨裁劊子手？哪種說法才是真的？年輕時候背過的蔣院長短詩如今像鬼魅般在腦中揮之不去：「假如你有一種理想，切不可將夢境當作現實來看；當你正在沉思些什麼，也不可存非非之念。」這種奇怪而不通順的文句，像是緊箍咒一般，對清治這種塵埃裡長出來的平凡人反覆叨唸：「**不可存非非之**

念」，只能對領袖拳拳服膺。經過時間的淘洗，清治自然而然地順服為黨國機器控制下的一個小螺絲釘。

邁入中年階段的清治，偶然得知年少的摯友張光明，因為朋友牽連而落獄為政治犯，後來無法面對現實的殘酷，精神崩解。到底，詩意還是無法救起時代巨靈輾過的獨特心魂。在陪伴新一代少年畢業旅行途中，清治買了一本署名楊牧的《葉珊散文集》，惦記著要送給已經脫離常世的張光明。他想起那些美麗的、詩意的句子和幻想，「在匱乏而恐怖的時代，那曾經安慰同等年輕敏感的張光明，甚至連他這樣的人也被安慰了……」夕陽餘暉中悠然回頭，在那個全國軍民同胞萬眾一心的年代，像他和張光明這樣卑微而渺小的生命，也曾「比陽光還亮，比白雪清潔，比風雷勇敢」。寂寞裡，鳳尾草從足跟長到肩頭，清治此刻心中的孤獨感，恐怕早已超越「四個下午」可以衡量的尺度了。

賴香吟曾經在另外一組故事〈虛構一九八七〉、〈野地一九八九〉、〈情書一九九一〉、〈喧嘩一九九四〉、〈婚禮一九九六〉，以下稱「解嚴五章」）用不同人物的主觀視野（第一人稱）勾勒出臺灣在政治民主化之後，個人私記憶和時代主旋律揉雜精鍊出來的抒情史詩。不同於「解嚴五章」，〈白色畫像——清治先生〉的四篇故事，以近乎白描的第三人稱，陳述出主角的外在環境變動和內在情意流動，筆觸平鋪直述。對於人物的描繪，大抵不脫我們對於那個時代多數人的理解。如果說「解嚴五章」對於人物的內心刻畫是挖心掏肺、見骨見肉，〈白色畫像——清治先生〉就像是隔著一片風沙，聽音辨影，看到的只有大約模樣。或許是因為時代的距離，阻絕了我們更進一步去捕捉主角深層的內在。但是，仔細閱讀後，會發現賴香吟這次的寫作技法比較像是絹畫的反覆上色，第一篇只敷底色，第二篇勾勒形體，第三篇開始編繪背景，第四篇才讓整個畫卷舒展開來，彷彿看到時空交疊下的畢卡索人物，面貌雖已扭曲，但是透視感強烈。

在賴香吟熟悉的臺灣史研究典範當中，有一種現已廣為人知的主張，認為臺灣的近代社會變遷是一個「重層、壓縮型的近代化過程」。這個過程經歷了殖民統治、國民黨威權專制，到民主化，如果要還原一項制度的面貌就必須將覆蓋於其上的各層歷史事實一一揭開。例如臺灣的山林邊區屯墾，從清代的墾界、隘勇線，到日本展開殖民統治後的官有林野及樟腦製造業取締規則，將「無主地」全部收歸國有；乃至於戰後的山地行政，民主化之後的還我土地運動、傳統領域爭議。現在看到的現象背後都有非常多重的歷史景深，而造成這些「地殼」隆起或破碎的動力則是殖民近代性、總動員國家或民主運動。

重層的歷史時間堆疊在一起，需要歷史學家一一檢視，以研究的尺度去衡量每一段時間的表裡深淺。透過歷史時間的敘事，製作每一個事件的交互影響。縱然經過壓縮導致重層堆疊的紋理變成單面向化，歷史時間仍舊可以透過考掘而復原多層次的條件關係。但是，小說中的文學時間呢？隨著主觀認知視角的轉移，事件的豐富程度是以多次方的運算方式膨脹，遠雷與近聲呈現不規則的思考跳躍與感知共振。那麼，要如何考掘重層的文學時間呢？〈白色畫像——清治先生〉做了初步的嘗試。

小說中，在解嚴尚遙不可預期的一九八二年，一位佇立在衡陽路和重慶南路書店裡的四十幾歲男人，拾起一本《葉珊散文集》，讀者能夠復原出什麼樣的條件關係？他單純喜歡詩人葉珊的美文？他是國中國文老師在挑選暑假讀物？他想要買給已經精神失常的老友？在社會現實的壁壘中，我們無法想像他曾經思索過鳳尾草和水湄足音的關係，更無法神入他心中對於友人變故的感傷。從一九五八到一九八二，二十四年的時間，他是戰士、他是丈夫、他是主任、他是父親，他不再是少年。兩次生肖輪迴，領袖已死，保防從安全室變成人二（之後又再變為政風、而後廉政），中壢事件、林宅血案，報紙上記錄的是正經八百的反共抗俄、退出聯合國、中美斷交，風雨生信心。兩次生肖輪迴，少女春鶴已經是南部大學的主任教官，初生的嬰兒已經情竇初開，喜歡上好看的男孩。夜裡做夢，摔女兒巴掌、和妻子大吵。「一年一年，明的暗的，置身事內事外，他體諒人人都有家小，但總希望不要踩深下去」。歷史時間做為時代背景，文學時間做為內在心流，兩者在「清治先生」這組故事中不斷交織對話，我們不只看到歷史時間的重層壓縮，也看到文學時間的反覆吟詠。賴香吟試圖再現一層層的時間紋理，讓我們逆向回去考掘那個「幸福並不是不可能」的源頭起點。在重層的歷史時間下，少年的想望、希望和盼望究竟是什麼，已然無法用詞語定位。但是在文學時間中，惘惘地、悵悵地，不同角色呈現出來的時間感交疊在一起。就像從越南回來的大伯和日本時代就放浪不羈的建成阿舅在聊天鬥嘴，「足濟代誌是環境來改變，不是阮想得到的。」兩個人的生命，沉默大眾的生命，就在「非非之念」中走過了那個「人生正當時」的年歲。

那少年張光明呢？四十多歲的他，會如何回答少年清治當年的問題？「小說裡寫的到底是不是真的？」文學時間和歷史時間，何者為真？或者都是虛構？當年，張光明說：「就算故事是假，嘛是真的人寫出來的。」〈白色畫像——清治先生〉這組故事，開啟了賴香吟探測重層時間的文學隧道。或許對她來說，這是另一種回答臺灣歷史的方式。

注釋

1 "What had been sheer occurrence now became 'history.'" Hannah Arendt, "The Concept of History", *Between Past and Future* (New York:Penguin Book, 1977), 45.

一個半徑很大的零

賴香吟×莊瑞琳

柏林臺北連線

日期／二〇二〇年八月二十七日
逐字／夏君佩・翁蓓玉・陳文琳
編輯／莊瑞琳・夏君佩・賴香吟
攝影／Achim Plum

ong Interview

L

散步是一種生活評量

莊：我看了攝影的作品，很想從散步開始問。妳第一本書叫《散步到他方》，可是裡面並沒有這篇作品，而是序叫〈散步到他方〉。整個讀完妳的作品，妳的作品也都會描述到，曾住過的地方的一些散步路線。妳有散步的習慣嗎？什麼樣的地方才會讓妳想要散步？譬如說我就找不到我的故鄉高雄有出現什麼散步的路線，在妳作品裡就沒有。

賴：那本書裡三篇名稱：〈說命人〉、〈翻譯者〉、〈虛稱讀者來函的小說〉，當時都被認為不適合做書名，建議另外取一個新的。翻譯者，今天看來很可以，但那時意見是會被誤認為語言學習參考書。回想起來，也許那時昆德拉的《生活在他方》是熱門書吧，但生活是一種落地的概念，我在東京的經驗不到落地水準，不好說什麼生活在他方，就選了散步這個概念。另一個原因是，書裡的幾篇作品，場景都不在臺灣，也不見得在東京，總之是在他方。現在他方對臺灣來講已經沒什麼，但在九〇年代解嚴初期，他方意象是很強的。至於是不是真的很喜歡散步？也不一定。妳提起臺北跟高雄比較沒有，使我忽然發現，也許散步對我來說，可以做為一種生活狀態的評量。我蠻容易受外在事物影響，會把自我縮到很小，力氣都拿去應付現實，得等到解決後，才會有較多的餘裕從事自己想做的事，因此，散步這回事，就容易被壓縮到很後面，因為那是獨處才能去做的事情。可以這樣說，如果我的生活還可以安排出散步的習慣跟路線，對我來說就會是比較好的狀態，跟寫作的距離也比較近。至於妳說移動中有創造力，對我來說，有這麼回事。妳觀察到臺北跟高雄比較少，確實，我在這兩個地方狀態都不太好，生活渾渾噩噩，沒辦法做什麼跟寫作相關的思考。

莊：並不是高雄跟臺北沒有自然環境？

賴：完全不是。是我私人的境遇。我在臺北有兩個時期，一個是學生時期，一個是剛從日本回來的時期。第一個階段，是在摸索如何做一個符合社會期待的大學生；第二個時期則是學習如何進入社會，成為一個有用的人。高雄則是跟婚姻、健康有關，都不是很愉快的經驗。

莊：妳最近最常走的散步路線是什麼？就是那天拍照的路線嗎？

賴：攝影師說要外拍，就去了家附近的公園綠地。搬到柏林後，一個好處是，常常只是到附近的公園，感覺就像在森林了，有時是在臺灣要到海拔兩千以上深山才會有的走路感覺。這裡散步比較多是和自然對話，跟以前在東京或臺南不太一

樣，後者樂趣比較多在於與人文氣氛、生活環境互動。到這邊之後，所謂大自然變得很強烈，可能心境也有變化吧，現在比較可以理解村上春樹每天跑步，康德每天下午去散步的規律性，這種規律性是自己的儀式，與空間、規律相互影響所形成的能量，或自我修復的儀式，現在我比較懂這種東西了。

莊：所以其實有沒有散步，對跟寫作的思考，或者常常需要藉由散步思考寫作，也許就不是那麼必然的事情？

賴：我並沒有為了保持寫作而有意識地去維持散步這個習慣，也沒有這個餘裕。但從事後往回看，確實，很多與寫作相關的自我對話、自我整編，是在散步跟走路中才得以完成。沒錯，有散步的生活是比較好的，得以散步去他方，對於寫作是比較好的。（笑）我之所以不想肯定回答這個問題，是因為大家對寫作有太多幻想，認為要太多條件才能成就這項行為，其實並不是這樣，這樣是把枝節想成主體了。

改變了一生的首作

莊：我的訪綱還是從妳的寫作時間，重頭開始回溯。把時間拉回一九八七年，妳發表第一篇作品〈蛙〉。這個彷若橫空出世的作品當時得了臺灣省第三屆文藝營創作獎短篇小說首獎，登載在三個媒體，還收在三本選集裡，等於第一篇作品就受到很大的注意。如果我沒看錯資料，妳參加的文藝營是在暑假時，得獎時是剛上臺大經濟系。在〈蛙〉之前，妳跟文學的關係是什麼？那時都在讀什麼書？〈蛙〉這個作品是怎麼想出來的？我看過妳曾寫說，是坐在客廳構思。

賴：妳用了四個字，橫空出世，這部作品對我來說也是橫空出世，我講的不是榮耀那些。事情確實是像〈虛構一九八七〉的一個橋段，閒來無事，好不容易高中畢業，去參加文藝營。高中三年，我沒參加過什麼群體活動，去參加文藝營是給自己一個奢侈、嘗試，而且那時文藝營是個新的東西，它如果不在臺南，我恐怕還去不了，因為家裡管挺嚴的。活動最後要交作品，我想怎麼辦？沒有東西啊。確實是坐在客廳想出來的故事，從生活細節開始胡思亂想。那個年紀，對小說的理解大致是材料、虛構、故事，以為這樣就是小說了。〈蛙〉裡面的成人生活是完全虛構的，對我來說很陌生的作品，直到現在跟它依然沒有很親密的感覺。也許是因為交作業的前提，寫作的內在動力不是那麼強，不太像是自己生出來的孩子。（**莊：**真的！一直到兩千年才放在書裡，實在太不親密了！）後來，我也找不到其他作品跟它兜在一起。我比較希望一本書是有主題性，而不是時間序，字數夠了而出書。從這個出發點來看，我真的找不到其他作品跟〈蛙〉的關係，只有兩千年的《島》勉強搭得上。

莊：妳總是對文學有點想像，才能交作業吧？

賴：我們這代人的家庭背景，上一代普遍不希望妳碰文化、文學，只要跟賺錢沒用的東西都不用碰了。在這種價值養成下，我確實是沒有特別意識到什麼是文學，頂多只是個國語成績比較好的小孩吧，準備國語考試也不會很費力，我不知道這算不算是喜好文學。去找書來讀，純粹是無聊，沒有其他娛樂。圖書館裡隨便找書，那時的圖書館也是亂七八糟。就像《翻譯偵探事務所》作者賴慈芸說的，我們過去的閱讀史其實是在亂七八糟的翻譯史裡累積下來的，亂七八糟看一點《簡愛》、《咆哮山莊》、《齊瓦哥醫生》，但缺乏閱讀那些小說後面的知識，斷簡殘篇式的閱讀。妳問我意識到讀的書是「文學」是什麼時候？要真有的話，已經十五、六歲，高中了。那是八〇年代後期，所謂臺灣女性文學興起，讀過袁瓊瓊、蘇偉貞，也讀了三三、鍾曉陽。如果把這些名字講出來叫有意識到「文學」的話。至少到書店，區分得出來這個叫現代文學、那個叫古典文學，分辨得出文學種類跟重要作者。最有意識雜讀文學是高一高二，所以那兩年學校成績非常爛。（笑）

莊：所以並沒有老師推薦妳什麼書，而是自己隨機選的？

賴：回頭來看，我跟老師與學校的淵源都不深。臺南女中、臺灣大學、東京大學，這三個學校確實有很多故事可以說，但我總覺得，不管念哪個學校，我都是被篩子濾出去、沒什麼存在感的那些。至於有沒有老師推薦我讀什麼書，妳是指文學書嗎？這是個太奢侈的問題。要說學習歷程裡的老師，我想，臺大經濟系吳聰敏老師，他是教總體經濟學的，也做了不少臺灣經濟史研究。另一個就是東大的若林正丈先生。這兩位給我的影響比較是在做學問與做人的態度，跟文學是沒有關係的。

莊：所以在〈蛙〉之前，是沒有寫過任何稱之為小說的東西？

賴：好像曾經在校刊上寫過一篇。那時有個朋友是南女青年社的，這些經驗某程度可以拿〈野地一九八九〉來對讀，其實真正想寫作、熱衷文藝的是她，但那時的文藝，多數人也搞不清楚，情緒或氣氛，很容易就在後來的現實被磨平了。〈蛙〉是沒有準備下發生的。這樣說，並不是說文學很輕易，掉下一顆種子就可以完成。我寫〈蛙〉沒有準備，並不代表我沒有準備就可以成為作家。正確來說，那篇沒有準備，但我後來意識到要準備，那個準備是遲到的，所以後來花了很長的時間。這篇作品，至今我仍不知道原因是什麼，但我必須承認這篇作品，嚴格來說改變了我的人生。

從經濟轉向歷史

莊：看得出來是沒有準備，因為妳去念了經濟系，後來妳大學時常去修歷史系的課，但也沒有想要轉系，反而到東大去念了跟經濟完全無關的東西。我很好奇，妳為什麼會選經濟系？我後來找到了一個答案，因為妳以前誤讀了很多五四的東西，以為經濟很有人文思考。

賴：與其說誤讀，不如說學科發展變了。但我當時不可能知道那麼多。簡單說的話，怎麼講呢？你考了那個成績，你就是得念到那個地方，不讀也不行……我一定要被迫這麼坦白嗎？（笑）這種話很惹人討厭，但實情只是這樣……

莊：這很寫實啊，這是很多人當時的處境，我差點念了會計系呢～

賴：我的成績就差不多在那兒，妳一定要逼我講出來……（大笑）妳記不記得，那時臺大社會組排名是國貿、企管、財金、會計，我好像就落在財金、會計那個範圍，實在沒興趣，就選了經濟，至少有搭上邊。確實像妳剛講的，我高中時在圖書館裡亂翻五四、中國近現代的東西，對經濟有些概念，但是，現在回想起來，那根本是對歷史的興趣吧。

莊：都沒想過轉系？

賴：我進經濟系的時間點還不錯，整個系上的風氣蠻好的，一些比較開放的老師從美國回來，課程雖然跟我想像的不太一樣，偏重數理與計量，但好像也就念下來了，沒有想要轉系，甚至繼續下去也不是不可能。比較清楚轉向歷史，大概是大三去文學院旁聽曹永和、吳密察的課，後來，還聽了劉翠溶的中國經濟史，懂或不懂，都把這些課聽完了。差不多同時期吧，吳聰敏老師想找人一起讀矢內原忠雄的《帝國主義下的臺灣》，我覺得很稀奇，就跑去參加，其實人好少，有沒有四、五個人我都不確定。一個禮拜讀幾頁，吳老師從經濟學專業找問題，很有意思，和在歷史系旁聽很不同。其實，那時候，吳密察老師說日治時期的臺灣史研究，經濟這塊沒人做，建議我努力看看。我有段時期想考臺大史研所，也開始學日文，但結果是去考了日本交流協會獎學金，考上，申請學校，就這樣懵懵懂懂到東京去了。

莊：所以那個時候的大學生賴香吟，有斷斷續續寫作品嗎？

賴：沒有。雖然〈蛙〉發表以後，編輯會跟你說，試試看再寫什麼吧？但寫出來後自己都覺得不怎麼樣。只寫了零零星星幾篇，收在《島》前面那些很小的作品〈戲院〉、〈上街〉，我自己覺得很不成熟。〈清晨茉莉〉是大學時期勉強還算完整的作品，有時代的痕跡，族群、性別問題都碰到了，但沒有處理得特別好。我確實沒有把主力放在文學上。

莊：閱讀上應該是沒有中斷？還是那時讀歷史相關的東西比較多？

賴：可能因為在法學院吧，我的閱讀回想起來比較多是社科類，包含了歷史跟哲學。純粹的文學作品比較少。我對社科有比較強的知識動機，覺得能打開腦袋的靈活度，而靈活度打開了對寫作自然有幫助。我的文學閱讀，比較是私人、奢侈的心情，無關學習或養成。即使我到東大改念歷史，進到人文領域，但還是和同代人一樣，想同時兼顧學術跟寫作，那時學術環境還有這個條件，現在是沒有了。直到九六年我從東大回來前，我自己的設定都是先在學術上做做看有沒有成績，文學那時還不是選項，至少不是職業的選項。

莊：妳到東大就開始做臺灣史相關的研究，妳也認為在這個時期，是把自己視為臺灣史的研究者，妳的碩論研究的是臺灣文學，等於是從日治時期社會史的考察，去理解臺灣文學。我比較好奇的是，這個階段妳對臺灣文學的認識是什麼？這肯定跟妳後來在文學館任職，或者寫出《天亮之前的戀愛》是不同階段。

賴：剛提到念經濟史（**莊：**這個真的很重要，因為一直到現在，臺灣歷史研究的經濟面向一直很弱），坦白說，我很希望當時我有能力做這件事情，不過整個衡量起來，我在經濟方面的才能實在不夠。到日本我很快進入了殖民史的範疇。我對文學是有關心，特別是去日本前，比較頻繁聽到張文環、呂赫若、龍瑛宗這些名字，不知道為什麼，當時就對他們的努力、處境，有一種同理心，有一種情感在。到了日本我希望把這種情感轉化成什麼。不過，當時我理解文學作品的能力可能還不夠，臺灣史料出土也還沒有今天這麼全面。《天亮之前的戀愛》後記我寫了一句話：以文學論文學。在二十五年前，不管是我的能力，還是整個環境，我不認為我已經能夠以文學論文學。但我還是希望談談這段時期的文學，所以換了個角度，去談結構跟環境，用現在的術語講叫文學社會學。一個文化、文學的成立條件，要有出版業、印刷業，識字率、教育普及率要到多少，還有新聞、報紙，文學傳播的問題。還有作家的世代變化。那個階段，我只討論到這些社會因素，然後下了結語叫作「成立」。但我總疑心內容的問題，覺得沒有談到重點。若林正丈先生聽了就說：那麼，妳就加上「序說」兩個字吧。序說，是前置說明妥當、接下來進入正題的意思。我顯然是辜負了若林先生要我進入正題的用心。這大致就是我當時對臺灣文學的認識，我知道裡面有東西，但還沒有辦法分析出裡面的文學成分，當時的作品有它的未熟性，但未熟的文學也可能表現出時代的限制或障礙。要理解這個東西，需要閱讀者本身足夠的經驗與訓練，我當時這個部分還不夠懂，看不出那些有限的文字裡的能量，看不出裡面含有的文學的可能。要到寫「三少四壯」時，我才試著去分析它。《天亮之前的戀愛》完成，才敢說以文學論文學這句話。

與邱妙津的青春對望

莊：這樣子聽起來，確實在一九九三至九六年這段期間，甚至於整個大學時期，文學的成分其實是不高的，如果從作品來看，會被認為是一個相對沉默、空白的時期。可是因為我也有去找、很多研究者也有去找，就是說，妳那時候在……

賴：哦，妳要問第五題了。可怕的第五題！

莊：對對……應該是林文義的邀請吧，一九九三到九四年妳在《自立晚報》以張望為筆名寫了蠻多散文，其實我讀那些散文，有的還是很像小說。我是去翻了報紙，才發現那個時候《鱷魚手記》跟妳同時間被放在同一個版面，它剛好在連載中。我就有一種感受，大家談妳跟邱妙津，比較講的是從大學時代開始的友誼。但是我感覺到，妳們可能也是一種抗衡，或是一種競爭，那不是來自於對文學成就的競爭，而是妳們是個性跟路徑不一樣的人，那一定就是一種抗衡。妳們兩個被視為小說家，感覺上也是得了一個獎開始的。妳是十八歲得獎，她是十九歲得獎。從寫作上來看，妳怎麼看妳自己跟邱妙津在文學上的追求跟路徑。

賴：呃，先回答《自晚》的部分。《自晚》確實是林文義邀請，但我的心態仍然沒有作家意識，覺得自己是圈外人，別人給你一個機會，就盡力寫吧。我自己是這樣看的：在〈霧中風景〉之前，我寫的東西都是習作性質。比起同期的邱妙津，這一點上，我們差別很大。我想她的作家意識是很清楚的。我幾歲認識她？二十歲吧。那時候聽她講話，已經是非常強烈要寫作、要成為作家。妳講的《鱷魚手記》連載，坦白說，妳相不相信，我沒有看到。我是後來，她已經過世了，才看到這個版面。我為什麼看到？因為我看到她留下來的報紙。

莊：哦～

賴：因為我沒有看過這些報紙啊……

莊：妳自己根本沒看？

賴：那個時候好像沒有寄來給我……總之，我在東京的時候沒有看到報紙。有看過剪報，但只有我的部分。我第一次看到整張版面太 shock 了，那整個版面現在還在我的腦袋裡面，我還記得，一整張打開來，除了我那樣（張望文章）一個小小的方框，另外我看到邱妙津，在版面下方，和李喬的〈一九四七埋冤〉擺在一塊連載。

我已經忘了是哪一天看到這版面，總之是那之後的事了。我那時對臺灣文學也有了點理解，看懂了什麼叫作一九四七埋冤，因為你若是連二二八

都不知道的話，是看不懂什麼叫一九四七埋冤的……我記得，我看到那個版面，當下心情是，天啊，這什麼鬼啊！（笑）

莊：跟我的心情一樣。（笑）

賴：我就看著那版面……很感慨，人生有些事情真是後知後覺，那已經是二十世紀快要結束的時候。所以，回到妳的問題，坦白說當時我並不知道有這樣一個版面，所以也談不上隱隱抗衡……然後，我要告訴妳的另外一件事情是，我相信邱妙津不知道張望是我。她不知道。

莊：哇！

賴：也許在她過世之前她都不知道。因為我們沒有提起過這件事情。我們重新聯絡，重新提到寫作，是有關我一篇叫作〈蟬聲〉的東西，那已經是一九九四年了。那一年到邱妙津過世前，我寫了不少東西，先是〈蟬聲〉、〈虛稱讀者來函的小說〉，然後〈霧中風景〉，最後才寫了〈翻譯者〉。她只來得及看了〈蟬聲〉，其他要不是我還沒完全寫好，就是覺得不值一提。〈蟬聲〉是個不夠成熟的作品，但她也就是看到這樣一篇作品就bye bye了。張望系列散文，我覺得像習作，沒有看得很重，所以也沒有跟她提。我認為，就算她有那些報紙，但直到她過世之前，她應該不知道那個張望是我吧？

莊：兩個都不知道對方……

賴：對。談不上「兩個同齡友人的隱隱抗衡」。不過，客觀上或許已經預言了這件事情，但當時我們彼此真不知道。妳講的心性、路徑截然不同，是沒錯，我們是不同的，我們當時也知道彼此不同，但那個時候，讓大家變成朋友的，是一種創作背後的動機，還有創作的欲望，用今天的話來講，叫「同溫層」。

我知道她的背後動機，也知道她為什麼要寫。寫作是那麼一件不舒服的事，為什麼要寫？我理解她的欲望跟動機為什麼那麼強，因為我知道在同志上面……當時不可能像今天知道這麼多，但我知道那就是一個折磨她的東西，她只能夠透過創作去紓解，我覺得我是理解的，她可能也覺得我理解。至於創作成果，坦白說，我們那個時候寫出來的都很有限，也未必欣賞對方的作品，但因為理解對方的動機，文字裡的張力你一定讀得到，然後會被那個張力打動。

經過很多年之後，我必須要說，我比較能夠讀出她作品裡面的能量，那個差異性或尖銳性，我已經越過去了，能夠比較跳出來持平看她作品的能量，知道她作品打動人的部分。我為什麼能在《天亮之前的戀愛》寫她跟翁鬧的並比，也是我已經理解各種文學作品有它的環境、個性，她呢，在青春文學的個性上，真是非常鮮明、非常不保留的，這不是每個作者都做得到。文學路徑通常是殊途同歸。我們都是在追求一些方法，把這個讓人想逃走的世界、或是我們想回報給這個世界的東西，淋漓盡致地表現出來。她是很年輕的時候，就很率性地選擇了方式，她真是夠淋漓盡致，以至於把自己都賠進去，而我可能得花很長很長的時間，把這件事情給做出來……

〈翻譯者〉的追尋

莊：接下來想談〈翻譯者〉這個重要的作品。一九九六年妳回臺灣了，一九九七年出版了第一本書《散步到他方》，這本書收錄的〈翻譯者〉是一個蠻重要的作品，可以看到後來妳曾說，從一九九三年開始就有意識地「寫一些年代與記憶的片段」的足跡。雖然中間經歷邱妙津過世的衝擊，但可以說，〈翻譯者〉成為妳寫作的新開端，我們迎來了一個返鄉的歷史學家與小說家。〈翻譯者〉的主角有著從事黨外運動的父母，在父母過世後到日本留學，成為父母友人L教授的翻譯者，在這個過程中，主角有了失語症狀，卻開始企圖創作。妳如何看待〈翻譯者〉這個作品，它是否也開啟妳對臺灣文學與臺灣前途的隱喻方式？

賴：我要澄清的是，離開東大回來臺灣的時候，根本還不是一個寫小說的人，就像剛講的，覺得自己是一個寫過零星幾篇的學生作者而已，歷史學家更是完全沒有。

莊：一個未完成的歷史學家。

賴：學術之路當時就是暫時中斷，那個時候的心態實在不是這個敘述，而是一個谷底。談到〈翻譯者〉，在寫這個中篇之前，我寫了〈虛稱讀者來函的小說〉與〈霧中風景〉，從這兩篇作品開始找自己的聲腔。關於寫作上的「我」，邱妙津是一個大我的作家，我則是一直沒有辦法處理大我，沒有辦法用大我的方式來處理寫作，而常常是被大現實凌駕過去。我可以寫出像〈蛙〉那樣的作品，但我沒有辦法在那樣的路數上持續很久能量。我必須在現實與我之間，一種交叉、疊合狀態裡，找到敘述的聲腔，才能燃起寫作熱情繼續寫。〈霧中風景〉基本上就是討論這個問題。〈翻譯者〉是一個比較大的試筆。它也是疊合，只是把現實換成歷史：國家歷史與小我的情感、與小我的關係，藝術價值對時代、政治目標使不上力的時候怎麼辦？這或許也是我那幾年在學術圈的心情。寫小說的細胞在我的身體裡，所以對於時代裡的人與日常生活，有一些感官性、肉身性的同理心。這個東西我在學術界找不到地方放，而且不能放，不能隨便放。（笑）因為學術需要客觀。但是，我那個能量，找個方式表達、找個容器放，對我來講是比較好的。〈翻譯者〉

是這樣一個嘗試，但那個時候，我顯然是一個被學術主體支配的人，想要潛逃到別的形式，因而跑出「翻譯」的概念來。我想談歷史記憶，但我不要寫歷史知識，要轉成別種樣態，interpreter，介入然後詮釋，不完全是翻譯。那個寫作，是一個自我心理建設，用很個人的方式去敘述一個客觀上必須要知道的知識；這種敘述法，它有沒有帶來意義？我想〈翻譯者〉是我在整理歷史、文學，以及考慮自身怎樣寫作的徬徨嘗試。妳問到臺灣文學與臺灣前途，「翻譯」是個隱喻沒錯，但當時拋出問題比較多，怎麼做，就是後來的摸索。過了這麼多年，「翻譯」、「轉譯」這種詞好像變得常用起來，但我不是很確定彼此想的內容是否相同。

爬九〇年代這座大山的孤鳥

莊：我為什麼說，一九九六年是一個寫小說的歷史學家回來了，跟妳是不是一個學校的老師或研究者不見得有很大關係，而是這個歷史的視角，有存放在妳這個人裡面，我的理解是說，妳對待自己的作品，很像在面對文獻的方式。因此每本書裡的作品，經常有著超過十年的時間差，也會因主題需求，再收入同一篇作品，至少有九篇作品出現在兩本書。所以我才覺得這非常有趣，妳其實蠻注意除了主題之外，這些作品它的組合是不是有達到一定的時空效果。

賴：嗯，但另一個原因是因為我寫得太慢了。（笑）有時間差並不是我重新解釋，而是很多題目，我當初寫的時候就是一整組想的。但是，我完成它們的時間太慢了，我總是把力氣拿去應付現實生活，以至於隔了非常久才完成，出現這種把作品重組的情況。最典型的例子，就是《翻譯者》裡面的〈野地一九八九〉、〈情書一九九一〉、〈婚禮一九九六〉，這些早在二〇〇〇年前，就已經都寫了草稿，目錄也擬好了，但二〇〇〇年身體狀況愈來愈不好，真的沒辦法再寫。〈島〉、〈熱蘭遮〉這組，也是該完成的，但都拖到在二〇一七年重新整編《翻譯者》這本小說集，才真正完成。所以不是因為回頭檢視，像歷史學家那樣把作品當文獻來解讀，而是因為我寫太慢了，對不起。（笑）

莊：〈霧中風景〉前後這段作品不多的摸索期，黃錦樹曾這樣分析，「其實因為他們傾向於凝視自己的內在，是屬於內向的世代」，「緘默其實暗示了一種不得不然的沉思，關涉對寫作意義的思考，探詢本質性的事物。」我在讀妳的作品時，特別意識到，如果說整體標示五、六年級為內向世代，我就覺得有一點不對。我觀察到，妳的作品並不是內向世代，更像是這個自我懷疑背後，是對臺灣文學斷層的懸空，是對臺灣民族主體性建構的徬徨與困惑，感覺上那個自我挖掘或自我懷疑的背後，其實是整個環境上的不穩定性。

賴：「內向世代」這個說法很常用，但我總覺得好像不很適合，卻不知如何解釋。妳用文學斷層的懸空，我覺得講得蠻好的。

莊：對呀，當你們已經是個成年的寫作者，對這個土地的文學繼承是陌生的，都還在學習的階段，可是你們已經在得獎了，你們已經在寫作了，更不要講整個大歷史，臺灣民族的建構，又重新走到一個徬徨跟困惑的階段，這個徬徨跟困惑是每一段歷史都出現過的。但在八、九〇年代它又是另一個階段，所以我一直在想，這個內向世代，特別是放在妳的例子，好像是不能這麼稱為。或者說那一種緘默，它並不是內向的意思。

賴：內向這個字形容人可以成立，但指稱文學現象感覺不太對勁，妳把內向解釋為懸空、徬徨、困惑，這些東西確實是有，在妳這麼講之前，我覺得好像沒有人講這麼清楚。我第一次接觸到這個詞的時候，以為它指的是個人思索的慣性，說我們會去寫一些比較現代主義式的、內在意識跟思維的描述。黃錦樹的說法，我的理解是到這裡。後來更多其他，我就不明白。我也覺得自己好像不在那個隊伍裡面，比較是孤鳥狀態。孤鳥意思是說，對於前面的世代，我很難去告訴他們，我理解，但未必同意，比如悲情，我覺得悲情不是所有的理由跟所有的方法。對於同代，我有一種無從與之交談的空白，大家寫的東西交集好像也不大。要劃入這樣一個隊伍，我總覺得可能不只我自己覺得有隔閡感，他們應該也會覺得。

莊：九〇年代在妳的作品占的比例其實蠻重的，二〇〇〇年政黨輪替前，妳寫下〈虛構一九八七〉、

〈喧嘩一九九四〉、〈島〉、〈熱蘭遮〉等作品，收入在《島》一書中，後記名為〈告別九〇年代〉。二〇〇七年出版《史前生活》，序言為〈回看九〇年代〉。九〇年代對臺灣來講，它是解嚴的第一個十年，所以妳的作品裡面會出現如今我們都很熟悉、一定要回顧的關鍵字：萬年國會、野百合、鄭南榕、五二〇農運等等。過了三十年，妳現在會怎麼描述九〇年代。

賴：這個問題其實很難回答，或者這麼說，我沒有辦法給出更新的答案。妳說回望九〇年代一直是我創作上的重心，但我自己看，就是一個階段，在二十一世紀的第一個十年，格外去思索這些事情，放在小我的人生來看，那剛好也是一個整理時期，三十歲到四十歲，想對生涯做出認識跟規劃，難免回顧青春躁亂與時代背景，是那階段必須要爬的一座山。

對我來講，寫作有點類似爬山，爬的過程裡有自我認識的沉澱，爬到一個高度得到新的視野。的確，三十到四十歲我花了很大力氣去爬九〇年代這座山，想知道小我碰上了什麼樣的時代，結果之一是《史前生活》這本書。開始寫《其後》，比較沒花力氣想，而是整理，九〇年代出現在《其後》之中已經都成為場景，那一座九〇年代的山已經爬過了。二〇一七年重編《翻譯者》，更是完完全全把它打上句號。當時，腦中對九〇年代的關鍵字是「解嚴的未完成」，我們學習如何民主、學習如何自由，因為解嚴的意思絕不等於七月一號我們就知道民主是什麼、自由是什麼，這件事情我們恐怕到今天還在學習。九〇年代是混亂的學習初期，民主一．〇，甚至是民主零點幾的狀態。我們這個世代是試行錯誤的一代，有些人會在試行錯誤中被犧牲掉，那是妳下一題所謂「終結與零度」。我有被這一題打到。

莊：為什麼？

賴：因為「終結與零度」這個詞好狠啊！

處在零度的荒原

莊：妳在爬九〇年代的大山，那個起點從來就不容易啊。即便妳已經寫了很多作品，還是有起點的問題，在妳的作品裡面，九〇年代是一種終結與零度的印記，跟社會力的解放是相反的。比如一九九八年《霧中風景》就有很多青春戀曲終結的描述，或婚姻的終結，到了二〇一六年《文青之死》則進一步處理不少死亡的終結，當中，二〇一二年的《其後》則可視為各種終結的匯集。照理來說解嚴之後，我們應該是新的起點，一切都解放了嘛，但不論從文學作品還是歷史的回顧，其實九〇年代常常不是這樣。事實上它連那個零點幾，每一個領域要開展那麼一點點都非常困難。如果回到個人，不論是研究者還是創作者，他要把自己打開，面對這個新時代，光是要找到那個對應的形式，就很困難，要找到新的問題，其實也困難。所以我才覺得九〇年代很特別，看起來好像可以回答一切的問題，事實上它又處於很多零度跟終結的狀態。

賴：嗯。妳的訪綱寫道，「青春期的臨終、人生只有負債沒有資產的狀態，在某種貧瘠與饑渴中，各自付出了代價。」青春期的臨終，我可以理解，但沒想到還有負債呀。（笑）九〇年代，前五年跟後五年，以一九九六年第一次總統直選那個點來看的話，前後氣氛差別其實是很大的。後面這幾年確實是我們這個世代，所謂青春期的臨終啊，之於某一些人是成功，但我想很多人也是付出了代價，卻不一定得到什麼，他很快轉向其他路徑，如妳所說：「落入很難開展的困境。」在文學領域裡面，則是邱妙津、袁哲生、黃國峻這幾個常被提起的名字，他們的付出代價，不是沒有得到什麼，而是直接終結。

妳的形容：「快速面臨終結，或者落入很難開展的困境。」我其實也有，因而妳問我，會不會一直有處在零度的感受？我看了就笑出來，沒錯，我的學業、我原來的生涯規畫，我符合社會期待去就業、結婚，這些都隨著九〇年代結束而停擺。停擺是一個表象動作，但是內在狀況確實是如妳所描述的，一直處在零度的感受。我這兩天有回憶起這種零度的感受，想說，啊，這個零好大哦。

莊：哈哈哈。

賴：這個零的圓半徑好大，爬來爬去，總還在圓裡頭。

回想那些時光，這個零是一個很好的意象，好像大片荒原，匍匐前進。大概從九〇年代結束到出版《其後》之前，對我來說，都是那個零，一個範圍遠超過十年的零。這個零到底怎麼回事，跳不出去，我寫了妳提到的〈明暗：冷戰〉、〈梔子花〉，其實那是個很長的作品，二十一世紀前十年，這個系列大概寫了十次以上，哈哈。

莊：哪一個作品？哪一個作品寫十次？

賴：就是妳訪綱中稱之為那些劉其明們的故事。妳注意到，以劉其明為線索的幾篇連環作（按：指〈虛構一九八七〉、〈野地一九八九〉、〈情書一九九一〉、〈喧嘩一九九四〉、〈婚禮一九九六〉，劉其明與新新這對分合的情人），最終還是無法成為伴侶。妳也注意到在〈明暗：冷戰〉、〈梔子花〉，我做了另外一個假設，就是他們結婚了，然後「成為城市的中產階級，陷入莫名的婚姻危機」。這是對九〇年代的延續提出假想，試試看怎麼解套。但這個稿子啊，五、六萬字，我到今天還在寫（笑），因為我怎麼寫都沒有辦法滿意，只好一次又一次改寫。

莊：所以劉其明跟光雅的故事其實還有？但是還在爬。

賴：對。〇〇世代的觀察，時代也好、自身也好，小說畢竟要有一個比較全景式的觀點，我想我還沒有爬到最上面。這之間寫的《其後》，是另外一種作品，它不是頂端看下去的，而是邊爬邊寫的作品，因為它寫的就是爬山過程。至於這種爬不上去的可能還要再沉澱，啊，也不是沉澱，沉澱得夠久了。對不起。（笑）

莊：哈哈哈。

賴：好想哭哦。酒沉澱太久，有時也就壞了。搞不好它已經沒有寫的價值了。但是，好像有什麼沒找回來似的。

時代感做為一種小說方法

莊：妳剛剛說寫作很像在爬山，妳可能要爬到〈某個地方〉，才知道要在小說裡面怎麼放置歷史的位置。

賴：我比較不想用「在小說裡放置歷史的位置」這樣的說法，因為太重了，我想這樣說：如何在寫作中把「時代感」放進去。時代感這個方法對我來講是有意義的，因為我覺得「時代感」能夠幫助小說很快抵達核心，或是把故事的深度挖下去。另外，把時代感放在心上或者放在腦袋裡，也可以幫助寫作者擺脫個人、小我的情緒、小我的眼光，比較不會被情緒牽著走。

回到小說這個文體，「時代感」是必要的，讀過去的小說，往往是時代感讓我們理解作品，或者，我們往往在作品裡面尋求時代感。總之，時代感跟作品相依為生，往往是具有故事又能夠呈現時代情狀的作品，最容易被人們反覆讀下去。有些作品被留下來，除了故事本身，也因為它的時代感。我在乎感官性，一個小說沒有感官，沒有辦法實感時代、生活氣息，讀起來就像酒的差異，有的好一點，有的就是差了點。在小說裡放一點時代感是我願意去努力的，雖然常常很吃力。

莊：我會這樣問是因為，每個小說家傳達歷史的方式，可能有不同的設計，我感覺妳會選的人物，他們都不是一般意義中歷史的主要角色，甚至常常是在歷史的邊緣，妳很擅長去呈現這個時代感。比如〈虛構一九八七〉的新新，她還是一個不懂二二八，並不是當時稍微比較有意識的那種大學生。這些人其實是在歷史擦邊的角色，感覺妳在傳達時代感的時候，會用這樣的角色去傳達，所以我才會問說，妳如何在寫作中放置歷史的位置，或是歷史的眼光是由誰來傳達。

賴：我比較沒有在文學上處理具體核心人物，或者所謂有在歷史中卡到位置的人物的原因，很簡單，我認為那樣的人物有歷史、有研究、有文獻史料，而且可能完成得更好。另外一個原因是，我對某些人物會有一些戒慎跟尊重，覺得文學不能拿自己的權力去任意塗抹他人。所以除非有十足把握，或者對出發點非常確信。否則我覺得過於輕率處理某些歷史人物，甚至是帶有悲劇性的角色，我做不太出來。我不願意為了成就我的文學去做這樣的事情。其實有很多這一類的人物我都很想寫，但真的是不能亂寫。當然也不是說不寫啦，可能要準備很久，比如湯英伸，一個十幾歲的少年，種種莫名其妙的原因成為最年輕的死刑犯，其實很強的故事性。通常我會想寫的，是這裡面有太多新聞文字以及具體史料所無法傳達的部分，但是你我都知道背後一定還有故事，這種時候就是小說、文學出場的時候。

現在要發表這個〈清治先生〉，妳應該可以看得出來，我其實後來在想的事情比較是共犯結構的問題，對我來說，特別是到了這十年，已經慢慢很多都出土了，文學上我不需要敲邊鼓了，也許可以注意一些邊邊角角的感受。那些邊邊角角的東西，可能我們每個人日常生活都有過……但我們覺得那不關我們的事，那個罪不會算到我頭上。我們往往在這種無辜意識，在偽裝平庸的感覺裡面做一個面目模糊的好人，但這些模糊、大不了的感受，累積起來就成就了我們的時代。檢視這些邊邊角角的感受，一些流失的日常生活，似乎是小說跟文學值得做的事情。當然，如果真要寫一個大寫的人或者大寫的事件，可以把它放到歷史小說這個範疇，處理得更好。某個角度來說，我認為歷史小說這個類型是應該存在的。

莊：《文青之死》出版後的一個訪談，其實訪談者也有問到類似的問題。妳那時候的回答，就是說文學不是不能直接寫政治，但要以文學的方式，「是從生活寫過去，而不是從政治過來」，我覺得跟妳剛剛講的是直接呼應。我就想到，我在看馬奎斯的第一本作品《枯枝敗葉》的時候是非常驚訝的，我覺得，我在這本受到的驚訝可能比《百年孤寂》還要大。馬奎斯很聰明，比如香蕉公司是影響拉美很重要的一個機構，他用非常隱晦的方式處理，很隱約讓你知道香蕉公司來過這個小鎮，可是他沒有直接去寫。他還是在寫自己創造出來的那一些虛構的事，然後甚至連發生很像臺灣二二八的武裝暴力事件，也寫得非常隱晦。我在他這本小說才很明顯意識到，他為什麼要這樣子去處理大的政治背景，我體會到他用了一種很文學的方式把政治事件放進來。

賴：我沒有看《枯枝敗葉》，有機會要找來看。先以《百年孤寂》來講，我已經覺得很厲害。現實幾乎絕口不提，提的時候也是用那種笑謔方式，簡直像輕功，連踮腳落地都不用。我自己的小說，很多時候還是得把關鍵字放進去，雖然很不想放。當然是我技術不夠，沒辦法用更好的方式點出來。另外，我們講的空白，記憶與知識空白太多，以至於毫無提示的時候，讀者要嘛過不去、要嘛若無其事走過去了。我希望我們接下來的小說或歷史、教育，愈讓共同記憶成為常識，文學上的跳躍就愈有可能。以我們前面提到的〈一九四七埋冤〉來說，埋冤這個字的陰影還在我們上頭，我希望能夠慢慢散去，不是忘記，是消化，知道怎麼回事就知道怎麼消化，血脈通暢。在這之前，要如何文學地把政治放進來，不是很容易。

莊：《枯枝敗葉》是馬奎斯的第一本小說，所以我就意識到，他在非常早期的寫作，其實已掌握到自己國家或是整個拉美的特殊歷史政治情境。香蕉

公司就像一個夢境存在那個小鎮裡面。我觀察到，這幾年有愈來愈多的人會把轉型正義或家族史納進來做為他們創作的一部分。最近的例子就是朱嘉漢的《裡面的裡面》，所以我就在想，有可能這些會成為臺灣文學下一個階段發展的動力。因為臺灣的歷史或政治發展的情境實在太奇怪了。

賴：是啊是啊，臺灣整個遺忘跟想起的過程，時間都壓縮得很短。遺忘可能三十年就徹頭徹尾忘記，現在急於要想起來，是十年、二十年的時間。就社會需要可以理解，但就藝術養成來講，有時候不知不覺就工具化了。

以《其後》為自己修路

莊：《其後》出版後，妳跟周芬伶老師有一個對談，其實可以看得出來，妳確實為九〇年代打上了一個句點。妳有一個很好的反省，妳覺得「五年級應該要停止內向的挖掘，應該要替代成橫向的理解」。到了《文青之死》受訪的時候，妳提到《文青之死》是希望能夠鼓勵六年級。所以我就特別想問，因為走到這個時候，已經是寫作的第三個十年了，為什麼會特別對五、六〔年級〕世代有這樣的說法。

賴：唔，其實我一直覺得五年級這個說法不是很恰當，就跟九〇年代要分上半跟下半一樣，五年級應該要分前段班跟後段班，以成年狀態或以青春期迎接解嚴，感受與影響應該很不一樣。我評論的應該只適用於五年級後段班，或是五、六年級接口這一代。「替代成橫向的理解」，打個比方來說，地鼠挖洞，往下挖，但橫著挖呀，曲曲折折挖出一些橫向路徑，從一個洞進去，然後再從另外一個洞，爬出地面，不是嗎？（笑）也許我們應該要往旁邊，不管是在自己的知識原則或同世代的關懷，試著觸類旁通。《文青之死》，以前面談到的「終結與零度」來說，那本書是從一個客觀、俯瞰的角度去看五年級世代，「快速地面臨終結，落入很難開展的困境」，包括學運世代的腐敗。你付出代價沒有換到什麼，落入困境，然後可能倒退更多，退到比原來的點還要更保守。

莊：我是很好奇，為什麼要特別講鼓勵六年級生？

賴：妳有沒有發現，那些故事到後來多半有留一點光，除了〈暮色將至〉。〈暮色將至〉指的是一個大問題，因為故事人物本身已經是篩子裡被篩掉的人，沒被篩掉的人，我暗示了已經腐敗，整個時代民主一．〇也沒有完成。二〇〇〇年到〇八年，民主一．〇這堂課可以說是當掉的。書裡其他篇的人物故事，損害之後多半還能互相慰藉，自己創造一些意義，最後的〈文青之死〉，即使沒有辦法逃離死亡結局，但是可以對死亡重新定義：那些自殺的人不是他比較弱，他們只是跑得比較前面而已。九〇年代到後期，一種失敗的氛圍，那種以內向為名，導致毀滅、導致自殺這樣的悲劇，籠罩著其後世代，特別是六年級。我想試著說未必如此，不一定那麼糟，就算糟了，也不全是你的錯，把自己留下來吧。

莊：《其後》二〇一二年完成是在妳寫作的第三個十年，其實我發現有一些場景，妳在二〇〇〇年已經有開始在寫了，然後在二〇〇五年妳寫了當中的〈十年前後〉，是在邱妙津過世十週年的專輯中，所以看得出來其實《其後》的醞釀是非常漫長的。在這個漫長的醞釀裡面，某些場景或某些事件的思考是非常早以前就開始進行了，它是一邊寫一邊並不知道最後會成為這本書？

賴：這個在其他訪談好像談過，就是我本來以為不會有這本書的。私人的，一些小小、零星的東西，我以為《史前生活》已經寫完出清了，想要直接跨入下一個階段。那下一個階段是什麼呢？就是我這次給妳的作品啊。

隱隱約約想了幾年，二〇一一年有個邀稿，就試寫了〈一九五八病情〉的短版本。也寫了像〈時手紙〉那樣的作品草稿。以及，剛才提到的沒寫完的〈野地一九八九〉、〈婚禮一九九六〉，但常常寫一寫就撞牆，手感出不來，甚至會很挫折，覺得自己是不是沒辦法寫了。

《其後》最早有感是〈憂鬱貝蒂〉。〈十年〉是為專輯不得不寫的。零零星星，我以為就這樣了。但其他寫作遭遇挫折，覺得有什麼東西卡住了。我就想，好吧，就放手寫一個東西來試試看，做為一個職業寫作者的手感跟能力，到底還在不

在。自己也知道有些東西沒有清，所以只是想要把它清了、寫了。沒有想發表，也沒有想要幹什麼。寫到差不多八九成，慢慢抽離出來，好像做為一本書是可以的。是那個時候才開始考慮出版的問題。

考慮要不要出版，比要不要寫更難。但那個時候我有種感覺，這本書拿不出去我大概什麼東西都寫不出來了。我覺得那是一個測試的關卡，那個石頭必須把它搬開。所以就出了。過了這一關。後面的《文青之死》、《翻譯者》裡的新小說，都是在那之後的事。這次把「白色畫像」寫完，把它發表出來，對我來講也是一個很大的段落感，會覺得總算把它接起來了。二〇一一年想做的事，來到二〇二〇年，總算完成，路總算通了！《其後》書裡有提到，我們走山路，不是常碰到颱風過後，落石砸壞路面，可能還擋在路中央，車子就過不去。現在覺得那個道路總算修好，可以走了。

莊：妳這比喻是說，自己修路給自己走這樣子？哈。

賴：（笑）對啊，我覺得藝術或寫作這種事情，路都是自己開、自己修啦，這應該是本質性的描述。

記那些父親們

莊：從《其後》講到這個修路的問題，接下來的這組問題，大概就是跟現在有關了。我覺得自己在讀《其後》的時候，最喜歡的是〈父親們〉。那一章讓我非常感動，可能因為有理想的大學生容易遭遇的挫折、問題，我們這個世代也有同樣類似的經歷，所以那些經歷對我而言，好像已經沒有那麼震撼，對我最大的震撼是來自於對父親們的反省，每次看到那一章就會……流眼淚。黃錦樹在《其後》出版的時候也評論到，如果要觀察妳寫作的未來座標，其實〈父親們〉這一章是很值得注意的。

賴：我看到他這個句子的時候嚇一跳，想說好厲害！他知道了我尚未知道的事情。

莊：事實上也許其實妳已經知道……

賴：沒有，我當下是不知道的。

莊：嗯。可是妳不是說更早以前就有想要寫白色畫像這一類的主題？

賴：〈父親們〉那一章，不在白色畫像的計畫中。《其後》本來也沒打算寫到這部分。好像是因為……我還記得非常清楚，那天，我在淡水的一個小圖書館裡面，其實只是要寫邱妙津爸爸過世的事情，然後就銜接〈夢〉做為結束，本來是要這樣跳過去的。但好像就寫下去了。一個下午在那個圖書館就寫完了。我還記得當時圖書館裡那些穿制服的學生的聲音，無精打采的成年人，帶個水壺到圖書館報到，好像一輩子都在準備考試……這章節後來很難再改動，要不要放進書裡？想了挺久，因為這一章來得太猛，那個撞擊的力量對我來講其實很大……

賴：妳有沒有聽到飛機聲？。

莊：是喔……

賴：總算有飛機聲了。

莊：飛過你們家上空嗎？

賴：對，有一些，但之前很安靜。之前半年都很安靜。

賴：我有點忘了剛要回答什麼。妳是說，我寫〈父親們〉的時候有沒有意識到，那是一個未來的點？有意識還是無意識嗎？

莊：嗯，二〇一二年妳寫出〈父親們〉，二〇一七年用〈雨豆樹〉整個把〈島〉跟〈熱蘭遮〉的故事包裹起來，〈雨豆樹〉就虛構了一個作者，他正是〈島〉與〈熱蘭遮〉的作者，然而這個作者卻對父親的前半生毫無所知。〈雨豆樹〉很像在思考把自己做為一個時代的橋梁，以及對上代人的愧疚感。當然到了二〇二〇年，我們就看到了〈清治先生〉這樣的作品。對我來講，它當然不能等同在寫妳的父親，甚至是邱妙津的父親，但顯然像是一個同代人般的角色。妳剛剛也說，在二〇一二年並沒有意識到，可能之後會有這樣的影響。我自己的問題，是這個轉向是不是很艱難？這可能也是另一種零度的轉向。妳一直在想的這個「白色畫像」系列，就我們所知，不只是〈清治先生〉，可能還有別的角色的故事，那妳想要傳達什麼？

賴：一二年寫〈父親們〉是沒有意識到，但這個篇章寫出來，我覺得整個作品的力量跟意義才出來。剛開始，覺得父親這個角色跟邱妙津這個角色沒有關係，好像是不同的東西。很猶豫。但不放進去，這本書好像沒什麼力量，就真的只是遺悲懷。那何必呢？所以後來覺得必須要有這個章節，把遺悲懷拉起來。所以那時候只是基於書的必要，或者說，寫完這一章書才得以完成，並沒有想到它跟未來的關係。

到了〈雨豆樹〉的時候，是有意識的，那已經是二〇一六年，過去四年，我陸陸續續在想「白色畫像」要怎麼寫。〈雨豆樹〉提到，對於父親的前半生一無所知，最後那個場景也特意埋了伏筆，一個鬼魅般的影像若隱若現，等待我們去記起或者召喚。

莊：那「轉向」跟父親他們那一輩有關的寫作是不是很艱難？

賴：妳問的是技術問題，還是我的意願問題？

莊：都有。

賴：意願問題的話……到〈雨豆樹〉的時候，是想寫的。這些年裡面，陸陸續續累積很多人物，其實不只是〈清治先生〉，像我剛講的，有些史料或新聞沒有反應出來的事物，就應該靠文學來幫點忙。我有過另一個寫作計畫是「最好的年紀」，所以上次吳乃德老師那個書名叫作什麼……

莊：《臺灣最好的時刻》。

賴：對，最好的時刻，這個書名有打到我。「最好的年紀」，指的是有些人跟〈清治先生〉差不多同時代或再提早一些，在最好的年紀，可能十七、八歲，或者二十幾歲，碰到了時代的劇烈反轉，他們的人生可能被犧牲，被改變，走向完全不同的路，或是演變成什麼奇怪的情緒度過一生。這幾年我陸陸續續想要寫這樣的人物故事，意願上轉向沒有很艱難，好像是自然而然的事情。與其說抱著多大的情懷，要為過去的世代說什麼被遺忘的故事，其實只是因為我也想知道歷史前端發生多少事情，因為這個跟自身有關，找自己的來處，想知道路是怎麼像迷宮一樣接到我們自身這個點。技術問題確實比較艱難，〈雨豆樹〉看不清的東西，現在就是花很大的力氣準備，很多時間蒐集資料，盡可能貼身感觸清治先生活過的時空，藉之去瞭解你的父親及其同代人，是怎麼樣地思考、生活、為難，以至於他不願意跟你再提起任何事情。

莊：妳會不會覺得……回想起來，上一輩才是真正緘默而內向的世代？

賴：是的，蒼白、緘默而內向，那個內向是被恐懼所包裹的，我們這個內向，有時候只是適應不良而已。

捕捉不復記憶的時代情狀

莊：那妳覺得在技術上艱難的是什麼呢？

賴：比如妳訪綱提到的地理風土與語言。也許有人去處理、關注這些問題，是因為家族、生活周邊有相關的人物或經驗，所以你可以問可以聽可以講，甚至你從小就知道。我的情況不是這樣，我的情況還是那個「零」，通通都是那個零，很討厭（笑）……我覺得這個訪談是不是要變成無所不在的零……

莊：尺度很大的零，哈哈……

賴：對，圓半徑很大……大多數的人是從經驗自身去尋求知識，而我常常是從外在知識的累積才回歸自身。從這一點來看，我常常覺得我非常地晚熟，或者是非常地……蠢吧（大笑）。我自身，與清治先生的時代，中間隔了好大一段距離，妳問的地理風土，那些東西非常模糊，我並不是非常清楚地知道。得借助之前史學的訓練，點點滴滴尋找自己想要的材料，驗證自己的揣測，甚至感覺。學校教材、軍隊體制、政戰教育，還有社會娛樂、美援、越戰這些……真是點點滴滴地找。但是史料不足以成為小說，就像呂赫若、龍瑛宗，有時候打動我們的是天色的變化、植物的味道，就是那種感官感，這種東西就是最難的，因為我們畢竟沒有親身經驗。資料是硬的，但出來得有臨場感，有抒情，有花香，寫不好就很做作。不是很容易，來來回回要寫很多遍，要流動，要新鮮，技術上確實是花了一點工夫。

莊：譬如我讀呂赫若〈牛車〉，裡面提到那時的人怎麼趕牛車，不是天未亮就出發嘛，他就描述他們走在那個泥土路上面，在天沒有亮的路上，露水浸溼你的腳是什麼感覺，我就覺得，哇，這是我們已經永遠不會知道的感覺……

賴：已經沒有了……

莊：對，那個感官性已經滅絕，是絕種的東西。那現在的人要如何去想像，把當時的人的這種感官性描述出來，我覺得它一方面需要跳躍，一方面需要史料接起來的工夫。

賴：其實不同時代人物的說話、行動、喜怒哀樂的速度感都不一樣。電風扇怎麼轉、買書、看電影，喝飲料，在街上走路是什麼情景，冷呀熱呀是到什麼地步，河邊小徑，晚上會有多暗，那暗跟現在的暗應該是不一樣的。一般人家門關起來睡覺，睡覺時間可能也不一樣。就盡量地做，我不知道做到多少。那種感官性不是只有讀者需要，作者也是需要的，要捕捉到了，覺得對了、有了，才能夠在小說的情境裡面繼續寫下去。

〈清治先生〉的場景，一部分關連我童年生活過的時空，但印象已經非常模糊，今天也改變很多。完全無法回想起來的時候，連我自己都覺得很驚訝，為什麼忘記這麼多？為什麼通通不記得？部分原因是當時年紀小，但也可能是整個教育、社會氣氛，不會引導你去認得生活周遭，你記憶裡所種下的東西非常少，以至於當時我們也真的不在乎，遺忘了。關於臺南的地理變化、歷史典故，我這幾年才有意識地慢慢接起來。寫這組小說的時候，做很多功課也是因為有些歉疚，歉疚本身就是一個很日式的詞，很個人的事，小說技術雖然辛苦，但對歉疚是有補償、修復的。

我們對地理風土跟語言的疏離，是上一代指責我們主要的說法。但同樣是地理風土語言，可能也要追求不同時代的表達。這個是老問題了。土地、文學……這些說法與定義，我覺得不應該是僵化的，藝術應該要與時俱進，不斷變形也好，我這一代寫地理風土，跟上一代寫，八、九年級世代寫，理所當然會不一樣。〈清治先生〉的世代跟時空，是上一代，上上代，但我不想完全複製前代語言，不少前輩的文學作品存在屬於他們的地理風土語言，我覺得可以用，但也應該再創新，修潤新的感覺，讓它跟我們所在的時代，能接合也好，呈現一種奇怪的對應關係也好。

莊：我讀〈清治先生〉的時候，注意到兩點，一個是在〈熱蘭遮〉有提到臺江內海那一帶，很多地名都是寮，但一直到〈清治先生〉，我覺得透過清治這個角色，讓那個地方的地理風土傳達得更明確了。這是第一個我對〈清治先生〉地理風土的印象。第二個是語言，這個作品用到比較多不同語言的交織，譬如有日語、臺語，基調是中文；另一個語言就是藝術的語言，妳運用楊牧的詩，做為串接清治先生他們這一代人的人生，我注意到妳在這個作品使用了這幾種語言。

賴：對啊，語言的混亂交織，以及相互隔閡性，其實就是那個時代的情狀。楊牧的語言和政策文字，官腔官調，也是互相打架的，還用了點宗教語言，各種語言之間互不相通，各有自己的使用場合。這好像是過去那些時代的一種反映，大家各找自己生活的方式，不是反叛者，也不一定有明顯的衝突。白色恐怖不一定是明著來的，是不知不覺的生活裡的浸透，洗腦你、管教你，威權統治也不一定是透過暴力，是透過親民愛物來施展在你身上，我覺得身在其中的人都很迷惑，但更知道要小心，什麼狀況下用什麼語言，說話的語氣在不同的情況下也會改變。

把楊牧放進，多少出於一個文學信徒不得不的癖好，但為什麼是楊牧呢？從一開始想要寫〈清治先生〉，我就想到楊牧這個對照組。《山風海雨》、《昔我往矣》、《方向歸零》三部曲，我讀的時候常想，啊，這個世代，這個族群，還是有人這樣生活呀！妳看楊牧的語言有日式，也有很濃的、非常古典的用字，他自己本身、他的詩、他的意識也經歷了轉變。扣除寫作的部分，他的社會認知與政治意識變化，其實跟〈清治先生〉所要描述的這些人是類似的，只是他走向文化、文學的道路。楊牧做為清治先生的世代，是參考，是他方，他可以當作一個鏡子來看，當然也是一個夢，我讓他帶有夢的性質，主要不是為了批判，而是想藉楊牧來安慰這一代人。

莊：我還跟一個我讀文學的朋友討論過，他猜想，楊牧是不是被妳用作一個現代主義的象徵，代表現代主義在臺灣整個戒嚴體制的發展裡面，扮演了

賴香吟專輯

國家與小寫的人

一個什麼樣的角色？我們是不是想太多了，哈哈哈……

賴：沒有沒有。狹義來說是這樣子。文學分析會怎麼著手，我大概揣測得到。之前有一些評者會說我的小說寫得太隱晦，可能是因為我總想切斷文學評論直接進入的路徑，我不想那麼方便直接套用主題。但是〈清治先生〉這篇小說，我倒是放開了防守，有些部分我猜想得到在分析評論上會怎麼被對位閱讀，但我覺得沒有關係了。妳剛講的那一點，影射現代主義，在狹義上來講，是可以的，但我並不想只達成那個結論。在廣義上，即使是無效的，我想，楊牧及其藝術，仍然給那一代人美麗的安慰，我們後面的人來寫這一段歷史，好像也需要一點安慰才寫得下去……小說後面是個非常夢幻性、願景式的結尾，就像在告別式放上一朵玫瑰花一樣，至少我，需要一點安慰……

戒嚴的日常性

莊：我自己還想問一個問題。這幾年參與一些轉型正義書籍的出版，常常會思考，如何用出版或文化的方式，去描述臺灣戒嚴這段三、四十年的歷史？我在看〈清治先生〉的時候，會很感動是因為清治先生這個角色，他不是戒嚴體制下的加害人或被害人，他就是個非常平凡的人。妳描述的清治先生是一九四一年出生，一直寫到一九八〇年代，反而透過他的過程，更能讓我理解到戒嚴體制是怎麼回事。譬如我自己就蠻喜歡他當兵的那一段，尤其是他最後承蒙領袖……

賴：那好難寫喔（笑）……

莊：當兵那段，我相信非常難寫……

賴：要冒個膽子（笑），因為那個太現實了，我也不知出版後會得到什麼樣的評論，搞不好有寫錯的地方……

莊：哈哈哈。最後當然他見到蔣介石是一個高潮，他終於跟這個肉身化的戒嚴體制面對面了。所以，我們到底要怎麼在轉型正義的框架下理解戒嚴？其實有時候，反倒是要跳出加害者與被害者的角色，回到歷史當中。最大多數的人是像這樣的人，他們既不同意這個體制，也沒有真正反抗，他們用他們的方式去活過這個時代。

賴：寄生於時代，盡量不要行惡，但是不知不覺中，我們就讓這個體制得以成立，且因雨露均霑，直到今天還感謝這個體制，飲水思源，覺得這是做人的道理……

莊：我覺得我朋友講得很對，這寫出了戒嚴體制的日常性……

賴：日常性是關鍵字沒有錯，是想要做到這個，如果做不到，小說就不要寫了。前面講的，我們可以看歷史文件，而且現在那麼多口述歷史，是吧？但是口述歷史本身，就像我跟朱嘉漢講的，問問題的人，回答問題的人，不一定會把某些東西說出來。有時候是他們真的忘記了，有時候是他們仍然不想講，被壓到潛意識去了，或是他們不知道重要，不覺得有什麼重要。但是，以上這些，在文學，都非常重要。感官性、日常性、潛意識，這些都是文學的意思。當兵那段，一開始暗示美援停了，日常性念頭應該只會想到早餐剛吃過的饅頭，除非你剛好是產業內的人，像後頭那兩個乘客。做為歷史時空的美援，日常化，實在不好再講拿麵粉袋來做內褲的事情了，這已經講太、多、遍啦～

莊：哈哈哈。

賴：你得想辦法講點別的事情。還有肉身化，譬如蔣介石跟蔣經國的手，有溫度的一隻手，到底有沒有在我們的文學出現過？我寫的時候沒有想這個，但是寫完之後，忽然想一想，他們好像從來沒有以有溫度的肉身，出現在文學作品裡面過，如果有，大概也是嘲諷他們。但是，他們也是肉身，也是有溫度啊。在那個過程裡，蘇清治兩隻手都握到了，是有溫度，但他無能描繪、也不敢描繪那個溫度。歷史拉開一段時間的好處是，不管偉人、領袖或是平民角色，是可以放在同一個舞臺上來展演。我覺得我們應該是到了這個時候，可以讓他們同等地出場了。

莊：而且我回想起來，妳前面的作品都不會把這麼明確的政治人物放進來，但是在這裡出現了……

賴：對，我也是深吸了一口氣……之前全部都是小人物，都不強調名字，甚至沒有名字，這次把人物名字突出做標題，確實很不同。寫蔣介石、蔣經國的時候，也得深吸一口氣：這樣寫，有意義嗎？蔣介石、蔣經國做為符碼、象徵有太多太多的意義，也被討論、使用太多了，現在這篇小說裡，要讓這個符碼進來嗎？會不會就像一鍋湯，一進來整鍋湯都砸了，我很害怕……哈哈。

莊：我也是深吸了一口氣，才把那段看完……

賴：這種太強的調味料，萬一不合的話，整鍋湯就毀了，所以確實是深吸一口氣啦。到底這鍋湯有沒有毀，我現在也不能回答，這是讀者的評論了……在《翻譯者》那本書的事件之後（按：與聯文的版權事件，導致《翻譯者》銷毀），重新再以〈清治先生〉出發，想法是：《翻譯者》寫解嚴後三十年，既然出版不了，那我再往前推好了。對我來說，如果「白色畫像」可以做完，剛好就從白色恐怖接到解嚴，《天亮之前的戀愛》則是從日治接到白恐。我還沒有能力去寫以日治時期為時空的小說，那本是以評論來交成績。這樣接起來，整條線就聯繫了。〈一九八二動物園〉最後小女孩的畫面，其實是接到〈虛構一九八七〉高中女生的開場。陽光從鐵窗曬進來，直到小女孩的髮梢，為什麼是鐵窗？《天亮之前的戀愛》寫賴和提到了，魯迅的鐵房子裡的悲哀。我們的鐵窗，是有陽光進來的，在一九八二，吳乃德講的「最好的時刻」，看見陽光的是清治先生，但陽光不是照在他身上，是照在時代所教出來的孩子，下一代的頭髮上。這個被時代教出來的孩子，在一九八七她將會聽到從來沒有聽過的二二八。

莊：我覺得好有趣喔，妳的零其實是一個圓啊（笑）。好大的零是一個圓，妳會自己接回來。

賴：對，我有些寫作是點狀的，但我們現在談的這個東西，倒是很清楚從九〇年代想到現在了。

莊：妳覺得寫完〈清治先生〉有比較靠近那個緘默而內向的父親嗎？

賴：有。當然。在這個過程裡面，為了找日常性的東西，真的做了很多史料的事情。但就像我剛講的，歉疚感來得太遲了，我會對我的理解來得太遲，而感到歉疚。

指認文學的星空

莊：妳剛說覺得現在可能還沒有辦法用小說去處理日治時期的時空，妳目前處理的是評論，妳用文學評論的方式接上日治時期這一塊。其實對日治時期臺灣小說或者臺灣文學的理解，是從妳做為一個研究學徒的時候就開始了。但顯然中間經過了很多個階段：從寫出一本碩論，到二〇〇六、〇七年用專欄的方式逐步地整理，又經過了十幾年之後，它終於成為一本書。

賴：我覺得我好像被描述成一隻烏龜在爬行……好慘喔！（掩面大笑）小說裡是烏龜都要痛哭流涕了……

莊：那個慢，大概是因為它很難吧。妳自己曾經也在《天亮之前的戀愛》後記講到，可能一直到這個時候，妳覺得臺灣文學可以直視它本心的時刻才到來。我比較好奇的是，妳曾經跟偉格和崇凱對談，提到你們三人分別都寫過一本對你們而言，屬於階段整理的作品：童偉格的《童話故事》、黃崇凱的《文藝春秋》跟妳的《天亮之前的戀愛》。這裡面可能都會去思考臺灣文學跟西方文學「位差」的問題，所以我在想，也許要放這麼多年的原因是，要克服這個位差的能力。我覺得這個能力其實在《天亮之前的戀愛》最後那個單元，是最厲害最有原創性的，講翁鬧、太宰治和邱妙津的這個單元，就可以看到妳把一些橫向的理解給串起來了，也許這件事在二〇〇六、〇七年還不能做到，甚至在碩論的時候也還不能做到。

賴：是可以這麼說。最根本是知識閱歷的問題，它需要累積，有相當的規模跟時間，才能夠互相貫通。到後來你就會發現社會學、經濟學跟文學也不是截然不同的領域，根本就是互相相關的。我們剛開始講到「他方」，在九〇年代，「他方」是很紅的字彙，西方思潮大量進來，讓你在知識、文學藝術，對西方或是「他方」有憧憬，五年級世代在這波「他方」浪潮裡隨波逐流，包括留學浪潮在九〇年代非常廣泛。但是，全球化之後，空間快速移動，資訊大量湧入，我覺得已經沒有什麼他方或位差的概念了，就只是橫向的相互理解。一旦你的知識、閱讀量累積到一定程度，做橫向理解其實很容易啊。

莊：在剛寫完那個專欄後，有想過要出版嗎？

賴：沒有。我那時候以為這個東西沒有人看，這是個誤解……

莊：那時候可能覺得沒有市場……

賴：是的。而且還有很多史料問題，我覺得寫得不夠好，文字裡的感官性、日常性和情感流動還不夠。我還沒有百分百擺脫資料限制，會受牽制，有學術氣。我剛才說寫《其後》之前，曾有段時間覺得寫作手感出了問題，專欄也是，自己覺得不夠好，就想要再放一下。這次出版前，稿子都是潤過改過的。這本書是否擺脫臺灣文學與西方文學的位差，我不敢講，我亦不覺得西方文學地位較高，是評論重點到底在哪裡的問題。以臺灣現在的狀況來講，有興趣的題目想快速取得資料，去瞭解、融會貫通都不是太困難的事情。位差的限制不太存在了。

莊：我只是在想，其實我們都是看著西方大作家的小說長大的，正因為是這樣的教養，我們很難去看到臺灣文學的本質，會看不清楚這些文學跟自己的關係到底是什麼。這個克服位差的意思是說，我們能夠理解這個位差為什麼會存在時，以及它是否真的有這個位差？我們才能認為自己真的可以理解過去的臺灣文學是怎麼回事……

賴：等一下，最後一句再說明一下，克服位差才能夠瞭解？

莊：講得比較通俗一點，很多人覺得以前的作品不好看，是因為跟我們現在已經熟悉的，很多成熟的西方作品來比，他們覺得那些作品不夠成熟，有時候像是沒有寫完，可能還是在一個技術摸索比較早期的階段，或者看得出來，當時的作家並沒有太多的餘裕跟條件去成就自己的文學寫作。他們可能還有其他生活困擾，甚至呂赫若還有他的革命生活呢。我是在想，能夠把臺灣文學的藝術性跟美介紹出來，肯定是因為妳擺脫掉還是用那個高低在看臺灣文學的位置。

賴：我懂妳的意思了，我剛沒聽懂是因為我沒有用高低位差思考那段時期。而是去瞭解那個時空下的限制。你必須要對什麼人在什麼歷史時空做什麼事情，他的條件是什麼，他的環境是什麼，他的前一步是走到哪裡，要回到當下情境去同感、理解他走出這一步的意義。你要回到那個時空，但「回到」這個時空的困難在於不是只簡單知道有沒有電、有沒有工業，火車、輪船開幾個小時，不是零零星星幾個知識，是比如同樣一九三〇年代，英國相關作家寫什麼？什麼程度？文學傳播路徑怎樣？還有它背後的人脈網，相關人物可能奇奇怪怪的性格，愈多人的因素愈好、愈多生活瑣碎愈好……後面的時代景觀，蜘蛛網般的基礎知識，必須要有點掌握。

這些東西在閱讀跟蒐集時，你沒有辦法得到立即的回報，而且它好像點狀般地分裂，沒有連繫起來之前，那些點都是沒有關連的。但是，回到文學作品來舉例，只要你真的剛好同時併讀了太宰與翁鬧的作品，不只是我，我相信任何一個人都會有感於這兩個人的關連。再者，點跟點之間的聯繫，敢不敢把它連起來，這裡需要一點膽量。我剛才對位差的理解，比較像點與點的分布，像天上的星星，你要在腦海中把那些星點連結起來，才知道這是什麼星座。但是，你為什麼能連呢？是因為你看過星圖，知道命名來由，當你抬頭看那些星星的時候，不需要天空實際出現那些線，你可以自行連結出來，這是什麼，那是什麼。

快速壓縮下的臺灣文學

莊：也是在妳的作品裡面，我們才會意識到，當這些星星被擺回它理應存在的星空時，才會知道他們存在，其實跟我們活過解嚴時代的人是一樣的，他們同樣在經歷對他們來講也是一．〇的時期，那同樣是一個每天變化多到來不及的時代。我們前面花了很多時間在講九〇年代，可是《天亮之前的戀愛》那些一個一個出現的臺灣小說家，其實他們活的時代，比如柳田國男就說，大正到昭和這段時間的變化，每天寫下來就是歷史。我才理解到，他們經歷過的跟我們在八、九〇年代的感受，可能很像，甚至更強烈也說不定。為了要做這個訪問，我重新複習了翁鬧的作品，《有港口的街市》完全就是在寫日本，一個在神戶的故事，可以從他們的作品裡面，感覺到他們對話的對象，在那個情境下，因為臺灣是殖民地嘛，所以可能也要被迫跟整個殖民國、東亞、中國或哪裡對話。回過頭來想，我們認為變化最多的九〇年代，到底那時候的文學在對話什麼呢？

賴：我在想，有對話嗎？我覺得九〇年代好像還在一個內部對話的狀態。妳現在說的對話，是外部的對話對象嗎？

莊：不一定，或者是說它的對話現象是什麼？像妳前面提到，妳覺得臺灣那時候的文體是眾聲喧譁……

賴：我覺得文體變化和政治社會的情況是一樣的，壞與立。那時的文學，對話對象是什麼？我現在想到的是現代中國文學，隔了多少年來到臺灣，新的、舊的一起來，補前面歷史的歪扭與空缺。西方那時候進來的比較是哲學、電影、藝術，我零星想起來的比較是追隨，有沒有構成對話，我不知道，但那時候文化界這些文化因素是蠻強的。

莊：妳想到的現代中國文學指的是哪些作品？

賴：就是可以舉列出來的，八〇年代出現的現代中國作家，也就只有這一批，到王安憶、蘇童、莫言為止，在那個時候一整批報到，包括戰前作家重新出土再來，魯迅都是那時候才來的，對不對？西方跟拉美的東西也有進來，但是不是有對話？有吧？魔幻寫實，影響很多，是吧？這樣想起來也是很混亂，難怪反映成文學也是非常地混亂，有一點暴飲暴食消化不良的感覺。（笑）

莊：很壓縮的感覺……我最後想要問的是，以妳這樣子的作家，會怎麼看臺灣文學可能的發展？

賴：這個時點實在很難回答。剛才妳說柳田國男說，每天變化記下來就是歷史，現在這一年不就如此嗎？現在這一年……應該是很能切身感受上世紀二〇、三〇、四〇那些人的日常生活吧，我最近常常這樣想，不知道妳有沒有同感？昨日世界已經改變，未來還不確定，歷史關鍵時刻，但我們還是眼前每一天都要過日常生活，這再小說不過了，如果還有時間，真有太多東西可以寫了。

莊：在這麼快速壓縮的經驗下，它對文學造成的影響會是什麼？

賴：（停頓）呂赫若絕對料不到他身後臺灣文學的發展，他一定料不到。妳訪綱寫到：「文化的創造性並不是奠基在平順的條件上，更可能是在災厄中誕生的」，在災厄中確實是可以是豐富文學，但前提是生命要留下來。呂赫若那一代的文學，後來為什麼沒有留下來？如果那是一場災厄，災厄過後，應該還可以繼續誕生更多文學啊，但為什麼那一代後來沒長了？因為可能人沒有留下來，語言又被剝奪了，新的世代跟新的生命被重新地洗刷，所以災厄並沒有帶來文學。臺灣過去

五十年，是有帶來新的文學，但那是「接枝」形成的。這問題好沉重喔……

妳這個問題，我不知道其他的作家有沒有在想，我是經常放在心上，我還是懷抱著「零」去想，即使它不存在，也還是寫吧。我必須承認我不是一個太樂觀的人，但我的好處是，即使沒有很樂觀，我還是會繼續做。以現在這個時點，樂觀的想法，我會覺得臺灣文學現在可能是最好的時代，能量、環境、蓄積都是最好的時候。大量勃發作品，但要後續觀察。災厄可能逼生難以替代的作品，盛世裡的文學，就只能透過作品不斷去練習。作品本身沒有別的方法，就是請你寂寞地繼續練習，我覺得作品的練習是最根本、最重要的。總不能到二〇五〇我們還在靠呂赫若。作品的質量是所有文學史，文學力的基礎。現在文化意識是有點焦慮，但還是要耐著性子慢慢填充，讓作家回歸本業去寫作品。

移動與寫作的回歸

莊：我最後不是問妳，妳一直在移動嗎？妳生活給人家一種很低調的感覺，其實妳的人生移動地很激烈。可是這些移動好像妳都還是在做一件事，練習作品。

賴：是啊，就做這件事情，而且，好不容易可以做這件事情。對，移動，妳問得很婉轉，我就直說吧。我以前因學業去了日本，現在因家庭來了歐洲，都是始料未及的。中間，我因為和現實打仗，耗費很多心力，浪費很多時間，練習作品的餘裕很少，這也是我變成一隻烏龜的原因，真的是很糟糕……

莊：我覺得訪談最後停在烏龜還滿好的。

賴：哈哈哈。妳真的要把烏龜給放進去訪談嗎……

莊：烏龜很棒啊，慢慢把這個圓爬完了。

賴：嗯，好像真是慢慢把這個圓爬完了。一開始說生活在他方，現在真是生活在他方了。還有很多散步。剛說把散步作為生活、寫作指標，目前是好的，也終於冷靜耐煩地把〈清治先生〉這樣一個很思鄉又很私人的作品給完成，這一點很不容易，直到三、四年之前，我還常常只能在現實生活的縫隙，撿時間零碎寫稿，對，烏龜，現在，有一種總算爬出那個好大的零，得以慢慢為自己累積的感受。之前人生移動激烈，確實付出不少成本，但也是好的，所謂正負、得失、好壞，變換比較彈性，因為自己經歷很多例外，沒有什麼規則一定是要照著來的。

莊：確實妳這一路走來一直是在放棄的過程，同時又用寫作，慢慢地撿回一些東西。

賴：是的。希望未來的文學世代，可以不用再把生命浪費在走這些迂迴、無效的路徑。把住目標，你知道你要做什麼，就去做吧。

INSTITUT

賴香吟專輯

國家與小寫的人

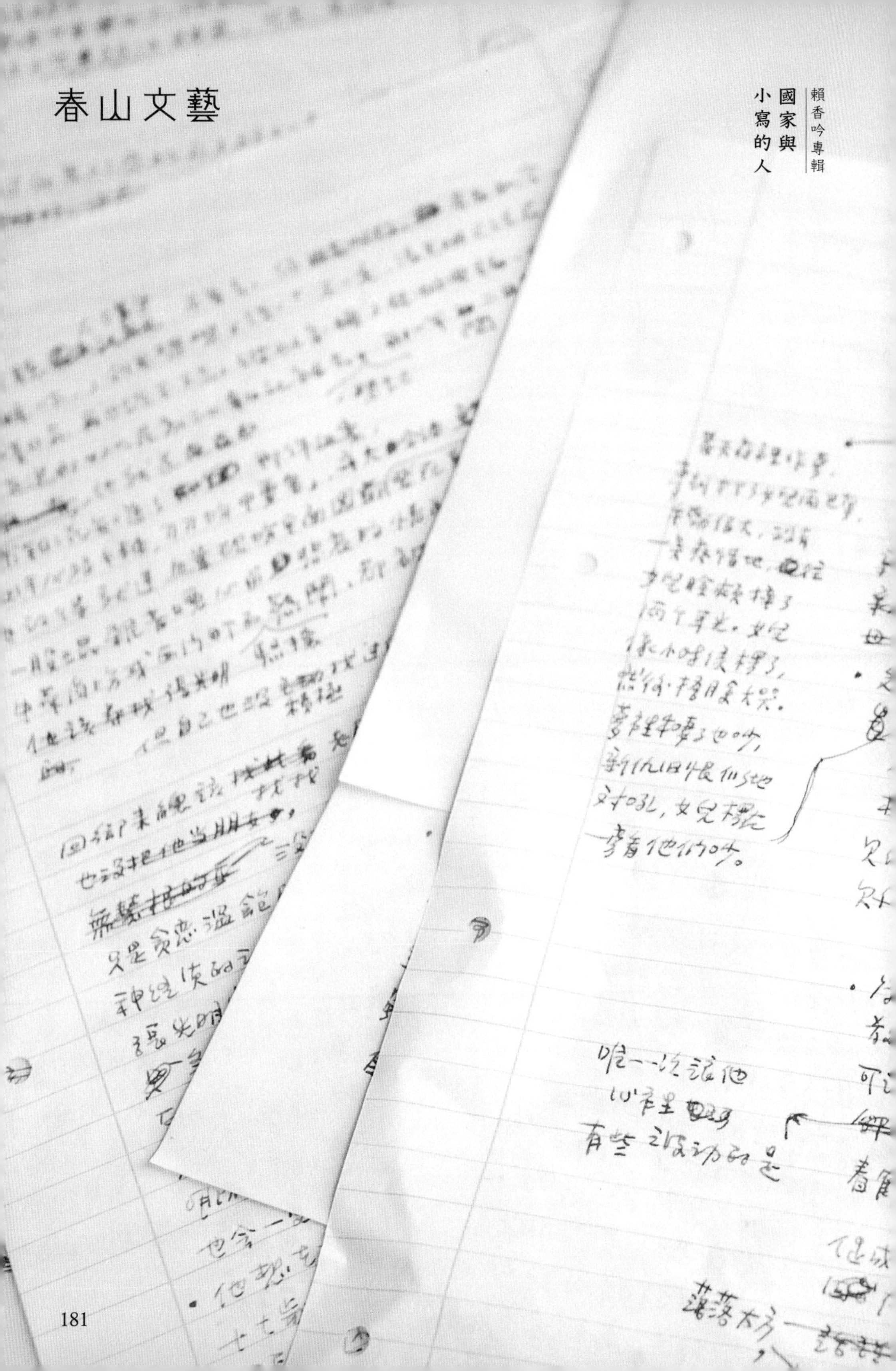

賴香吟創作年表

本年表以小說作品為主，以張望為筆名的散文沒有列入。大部分是發表時間，如可以確定寫作時間，會增列初稿時間。如〈暮色將至〉於二〇〇四年初稿，二〇〇八年發表，並於二〇一六年收入《文青之死》，二〇一七年又收入《翻譯者》。

一九八七．十一〈蛙〉，臺灣省第三屆文藝營短篇小說首獎，初刊於《聯合文學》、《聯合報》副刊、《臺灣月刊》（一九九一年收入《台大小說選》，遠流出版，二〇〇〇年收入《島》）

一九八八〈戲院〉，《聯合報》副刊（二〇〇〇年收入《島》）

一九八八〈上街〉，《聯合文學》（二〇〇〇年收入《島》）

一九九〇〈清晨茉莉〉，《聯合報》副刊（選入爾雅版《七十九年短篇小說選》，爾雅出版，一九九一年收入《台大小說選》，一九九八年收入《霧中風景》

一九九三〈習作的午後〉，《中國時報》副刊（一九九八年收入《霧中風景》）

一九九四〈蟬聲〉初稿（二〇〇七年收入《史前生活》）

一九九五〈霧中風景〉初稿

一九九五．四〈虛稱讀者來函的小說〉，《聯合文學》（一九九七年收入《散步到他方》）

一九九五．十一〈翻譯者〉，聯合文學小說新人獎中篇小說首獎，初刊於《聯合文學》（一九九七年收入《散步到他方》）

一九九六〈說命人〉，《聯合文學》（一九九七年收入《散步到他方》）

一九九六〈旅行〉，《聯合文學》（一九九八年收入《霧中風景》，二〇〇七年新版刪除）

一九九六〈愛麗思夢遊仙境〉，《台灣日報》副刊（一九九八年收入《霧中風景》）

一九九六〈命名者〉，《台灣日報》副刊，吳濁流文學獎小說獎佳作（一九九八年收入《霧中風景》）

一九九六〈颱風天〉，《中國時報》副刊（一九九八年收入《霧中風景》）

一九九七〈霧中風景〉，《聯合報》副刊（一九九八年收入《霧中風景》）

一九九七〈紅褐色的頭髮〉，《中國時報》副刊（一九九八年收入《霧中風景》）

一九九八〈營火〉，《中國時報》副刊（一九九八年收入《霧中風景》）

一九九八〈晴子〉（一九九八年收入《霧中風景》）

一九九八〈歌亞〉，《自由時報》副刊（二〇〇〇年收入《島》）

一九九八．六〈野鳥〉，《聯合文學》（二〇〇〇年收入《島》，二〇〇七年改收新版《霧中風景》）

一九九八．十〈虛構一九八七〉，臺灣文學獎短篇小說首獎，初刊於《文學台灣》（二〇〇〇年更名〈一九八七：虛構與紀實〉收入

《島》，二〇一七年改回原題，收入《翻譯者》）

一九九九・四〈台北的滋味〉，《中央日報》副刊（二〇〇〇年改題〈滋味〉收入《島》。二〇一七年改回原題，收入《翻譯者》）

一九九九・四〈島〉，《聯合文學》（二〇〇〇年收入《島》，二〇一七年收入《翻譯者》）

二〇〇〇〈喧嘩與酩酊〉，（二〇〇〇年收入《島》，二〇一七年改題〈喧嘩一九九四〉收入《翻譯者》）

二〇〇〇・六〈熱蘭遮〉，《聯合文學》（選入《八十九年小說選》，九歌出版，二〇〇〇年收入《島》，二〇一七年收入《翻譯者》）

二〇〇一・五〈遷徙〉，《聯合文學》（二〇一六年收入《文青之死》）

二〇〇二・十一〈日正當中〉，《自由時報》副刊（二〇一六年收入《文青之死》）

二〇〇三・十二〈憂鬱貝蒂〉，《中國時報》副刊（二〇一二年收入《其後》）

二〇〇四〈暮色將至〉初稿

二〇〇四・四〈在幕間：一則偽評論或偽小說〉，《印刻文學生活誌》（二〇一六年收入《文青之死》）

二〇〇四・八〈老房子〉，《中國時報》副刊，未結集

二〇〇四・十一〈一朵微笑〉，《中國時報》副刊（二〇〇七年收入新版《霧中風景》）

二〇〇四・九〈史前時代〉，《自由時報》副刊（二〇〇七年改題〈月滿西樓〉收入新版《霧中風景》）

二〇〇五・四～二〇〇六・十《自由時報》副刊：史前生活專欄（二〇〇七年收入《史前生活》）

二〇〇五・六〈十年前後〉，《印刻文學生活誌》（二〇一二年收入《其後》）

二〇〇五・八〈鳳凰花：一九四六〉，《中國時報》人間副刊終戰六十週年專題（二〇一九年收入《天亮之前的戀愛》）

二〇〇五・十二〈九月物哀〉（收入《管教的甜蜜歲月》，麥田出版）

二〇〇六・五・二十七～二〇〇七・五・十九《中國時報》副刊三少四壯專欄（二〇一九年收入《天亮之前的戀愛》）

二〇〇六・八〈小原〉，《自由時報》副刊（二〇〇七年收入《霧中風景》，二〇一六年再收入《文青之死》）

二〇〇六・十一〈至理名言〉，收入《不如去流浪》，自轉星球文化出版（二〇一六年改寫並更名為〈天竺鼠〉，收入《文青之死》）

二〇〇六・十二〈明暗：冷戰〉，《印刻文學生活誌》，未結集

二〇〇七・四〈台灣商工學校與龍瑛宗〉，開南中學九〇週年講座（二〇一九年改寫為〈新中間層的挫折〉，二〇一九年收入《天亮之前的戀愛》）

二〇〇七・九〈梔子花〉，《印刻文學生活誌》，未結集

二〇〇八・三〈暮色將至〉，《印刻文學生活誌》（選入《九十七年小說選》並獲年度小說獎，二〇一六年收入《文青之死》，二〇一七年再收入《翻譯者》）

二〇一一〈時手紙〉初稿

二〇一一・九〈病中〉，初刊於《印刻文學生活誌》，是為〈清治先生：一九五八 病情〉初稿

二〇一二・二〈其後それから〉，《印刻文學生活誌》（二〇一二年收入《其後》）

二〇一二・三〈嬉遊一九八九〉，《自由時報》副刊（二〇一七年改題〈野地一九八九〉收入《翻譯者》）

二〇一二・四〈Do you remember〉，《自由時報》副刊（二〇一二年收入《其後》）

二〇一二・五〈春暖花開〉，《聯合報》副刊（二〇一二年收入《其後》）

二〇一二・九〈靜到突然〉，《短篇小說》（選入《一〇一年小說選》，九歌出版，二〇一六年收入《文青之死》）

二〇一三・二〈約會〉，《印刻文學生活誌》（二〇一六年收入《文青之死》）

二〇一四・一～十二《聯合文學》小說專欄，未結集

二〇一五・二〈老虎悲傷的腳印〉（《一〇三年小說選》編序，九歌出版）

二〇一五・十一〈文青之死〉，《印刻文學生活誌》，二〇一七年吳濁流文學獎小說正獎（二〇一六年收入《文青之死》）

二〇一六・六〈時手紙〉，《印刻文學生活誌》（選入《一〇五年短篇小說選》，九歌出版，未結集）

二〇一七・七〈婚禮一九九六〉，《印刻文學生活誌》（二〇一七年收入《翻譯者》）

二〇一七・七〈後四日〉，《印刻文學生活誌》（二〇一七年收入《翻譯者》）

二〇一七・七〈雨豆樹〉，《印刻文學生活誌》（二〇一七年收入《翻譯者》）

二〇一七・十一〈使徒〉，《印刻文學生活誌》，未結集

二〇一八・三〈飛盤公園〉，《字花》雜誌，未結集

二〇一八・九～十二〈純真，及其黑夜〉、〈天亮之前的戀愛〉（二〇一九年二月刊於《印刻文學生活誌》，收入《天亮之前的戀愛》）

二〇一九・一〈大哥班長〉，《文訊》（收入《天亮之前的戀愛》）

二〇一九・二〈天亮之前的戀愛〉，《印刻文學生活誌》（收入《天亮之前的戀愛》）

二〇一九・十二～二〇二〇・十《自由時報》副刊專欄：東北邊

二〇二〇・九〈清治先生〉（二〇二〇年初刊於《春山文藝》）

賴香吟出版作品時間

創作

一九九七・一《散步到他方》（聯合文學）

一九九八・九《霧中風景》（元尊文化，二〇〇七年三月印刻新版）

二〇〇〇・十一《島》（聯合文學）

二〇〇七・二《史前生活》（印刻）

二〇一二・五《其後それから》（印刻）

二〇一六・三《文青之死》（印刻）

二〇一七・八《翻譯者》（印刻）

二〇一九・三《天亮之前的戀愛：日治台灣小說風景》（印刻）

翻譯

一九九八・十二《蔣經國與李登輝》，若林正丈著（遠流）

二〇〇三・三《日蝕》，平野啟一郎著（聯合文學，筆名鹿玉）

二〇二〇・九〈女誡扇綺譚〉，佐藤春夫著，收於《文豪曾經來過：佐藤春夫與百年前的臺灣》（衛城）

校譯

二〇〇六・十《龍瑛宗全集》（國家台灣文學館）

編輯

二〇〇七・十二《邱妙津日記》（印刻）

國家向來就不問

——閱讀文學裡的國家暴力經驗與轉型正義

口述／吳叡人
編輯／莊瑞琳、夏君佩
逐字／潘醇

吳叡人

臺灣桃園人，臺大政治系畢業，芝加哥大學政治學博士，現任職中央研究院臺灣史研究所。知識興趣在比較歷史分析、思想史與文學，關懷地域為臺灣、日本，以及世界，喜愛詩，夢想自由。著有《受困的思想：臺灣重返世界》；譯有班納迪克・安德森（Benedict Anderson）：《想像的共同體：民族主義的起源與散布》（*Imagined Communities: Reflections on the Origin and Spread of Nationalism*）。

關於《讓過去成為此刻：臺灣白色恐怖小說選》卷三〈國家從來不請問〉，我的解讀分成四個部分。第一部分是提出理解或者閱讀這本書的基本架構。因為這本書的標題「國家從來不請問」自身提示了一個架構，我就從「國家到底問不問」這個問題，提出基本的理解架構。第二部分談臺灣國家形成的基本模式，探討這個基本模式當中人民有沒有被問。第三部分就是針對書本身的內容。這些文學作品內部所觸及的國家經驗，可以說是國家暴力經驗或者普遍性的國家經驗。它們對於國家的經驗表現在很多不同地方，一個是國民黨政權帶來的國家體驗，第二是對這個國家的暴力，小說作品裡面看到的一些回應方式。最後一部分是結論。

要如何解讀或閱讀這本書呢？我採取直接從標題去看的策略。因為這個標題本身已經隱含一個觀點——舞鶴小說〈逃兵二哥〉提出來的「國家從來不請問」，隱含對不請自來的國家的一個埋怨、一個不滿，不想被它籠罩、想要逃離它的一種意願。很明顯，這個主題設定了一個倫理上正確的立場，也就是譴責國家不分青紅皂白就把我們圈到裡面去，然後要求我們效忠。所以我就反過來 reframe（重構）這個問題：「其實這沒什麼了不起，因為國家向來不請問，國家本來就不請問。」換句話說，我覺得「國家從來不請問」這個問題本身沒有太大的意義，純粹是一種感傷主義的表述，意義很表層。我的解讀就是從對這個標題本身的質疑開始的。我會回應說「國家向來不請問」，「國家本來就不請問」。這不代表說我在倫理上贊成這個說法，而是事實上它就是如此；人類史上出現國家這個事物的過程，本來就沒有請問誰，國家真的開始「請問」是很晚近的事情。

國家形成的階段與政治思想的發展

從人類的世界史角度觀之，歷史上的國家形成，至少在它的初期階段，向來就跟人民的意志一點關係也沒有。幾年前過世的美國歷史社會學家提利（Charles Tilly），有一篇很重要的文章談到國家形成[1]，在文中他給了一個非常生動的比喻。他說，state making 就是 racketeering，這個英文字翻成中文，叫作「不請自來的強制徵收保護費集團」，一句話已經把整件事情講清楚了。國家起源基本上就是武裝集團的征服，它的征服根本沒有徵求同意（consent）這些問題。這幾乎是當代的國家起源論研究的基本共識。這跟哲學上對國家的倫理性目的的主張是兩回事，我們現在談的是事實面，國家出現的初期跟武裝集團、戰爭有很大的關係。挪威政治學者羅肯（Stein Rokkan）曾在一篇文章中歸納出西歐民族國家形成的幾個階段[2]，如果我們借用他的階段論來看，就可以更細部地觀察到「人民被請問」是在什麼時候才發生。

人民被請問是晚近的事

基本上，人民被統治者徵詢意見，是民族國家形成過程的中後期階段的事，至少在前期是很少，或者幾乎完全沒有被徵詢。我現在講的主要是以西歐為原型，大概發生在十三世紀到十九世紀這六百年之間，但這個模式其實在很多地方都看得到，雖然時間未必與西歐一致。剛剛提到，國家形成的第一階段通常是武裝集團圈地為王，這些武裝集團自封貴族，圈地為王之後，剛好不幸被圈在這個領土裡面的人就不由分說地變成他的領民，沒有被徵詢意見，或者被給予「住民公投」機會。這些武裝集團的頭頭所關心的是菁英之間的權力分配跟整合，也就是這個集團內部的分贓是不是分得夠好。這個階段是典型的封建制，用分封諸侯的方式處理這個問題，權力不是那麼集中，但他們絲毫不在意人民，所關懷的基本上是統治階級之間如何達成一個均衡，可以維持整合，不要分裂，無關人民。人民幾乎就只是一種物品，跟土地上比方說農產品也好收益也好，共同都屬於一種法律上的物（chattel）、一種財產而已。到了第二階段，這些武裝集團不會永遠保留在平靜狀態，他們可能需要繼續對外征戰以擴張勢力範圍，因此產生了戰爭的需求。這個時候就需要這些被圈進來的人民比較積極的效忠，而當需要他們效忠的時候，就得開始創造統治正當性了。你一開始完全不在意這些百姓，但你現在開始要創造統治正當性了。當一個統治集團覺得自己的統治需要正當性的時候，人民就開始有一點發言權了，因為那時候你就不能只是脅迫或恐嚇他們，而必須要去說服他們。一種做法是想辦法灌輸「忠君愛國」之類的想法，另一種則是開始去說服人民為什麼服從統治是好的、是有利的。第三階段則進入了交換關係。你要求民眾效忠，民眾可能一開始會被你動員去效忠，比較積極地被整合到這個被圈地出來的國家裡面，為了統治者的目的開始參與這個國家。但是參與這個國家到了比較深的程度，比方說要上戰場犧牲生命，他們就會問：你要我獻出生命來效忠，那我可以得到什麼呢？我要求交換。什麼交換呢？我可以對你效忠，甚至可以為你犧牲生命，但你必須讓我參與這個國家的統治。所以到第三階段，民眾會開始要求國家治理，要求分享國家權力。當一個國家的形成走到這個階段，就開始主客易位了。換句話說，當統治集團走到這個階段，愈來愈需要被治者的支持，不能無限期用暴力去榨取資源，需要得到被治者的 active consent（積極同意）的時候，這表示統治與被統治的關係已經開始在變化，所謂「人民力量」就慢慢起來了。一般講的所謂 consent，也就是被治者的同意，大概就是這個階段出來的。人民的同意在這個階段，成為國家權力正當性最重要的基礎。這個第三階段大概是從十九世紀的第一波民主化開始的。羅肯指出，西歐國家形成在十九世紀末、二十世紀初時進入了第四階段，此時除了中產階級之外，還要納入更下層的群眾，他們不只要分享權力，也要求財富重分配。在第三階段要求分享政治權力的「人民」，指的是法國大革命以後整個十九世紀的所謂中間階層，或者是法國人講的所謂「第三階級」。第三階級參與國家以後，資產階級民主的政治形式和民族國家的基本型態開始穩定，但是有一個任務還沒有完成，就是最下層階級民眾的整合。當最下層的勞動者、農民也要求要分配權力與財富，就進入了第四階段。

國家與人民的契約關係

當然，全世界不同地區國家形成的型態與歷史階段未必完全相同，不過西歐的國家形成模式確實具有很大的啟示性（heuristic），讓我們理解到一般而言，所謂「國家」至少在形成的前半期，不會太在意人民在想什麼，他們被徵詢意見是很後面的事情。有趣的是，前面所描繪的西歐政治史上統治者跟人民之間關係的變化過程，如果與西方政治哲學的發展史相對應，會找到一個高度相關的理論，也就是契約論（contract theory）。契約論的概念意指國家是由人民合意形成的契約所組成。現代契約論的出現，事實上可以對應到前面講的國家形成過程中，統治者與被治者關係的變化。基本上，現代政治哲學契約論的出現其實就代表國家需要正當化的開始，但這種所謂「被治者的同意」觀念取得優位，是慢慢、逐步展開的。第一個階段當然就是十七世紀的霍布斯與洛克，他們的契約論各有不同，但共通之處在於主張人們為了安全而把權力交給統治者，這是國家權力最初的基礎，其中存在著契約關係。換句話說，雖然國家權力還是非常大，但它已經變成條件式的（conditional），不再是單方、片面的支配，這事實上已經是一種交換關係了。洛克跟霍布斯大約是同時代，霍布斯的「主權者」是絕對的，而洛克的契約論雖然也很重視安全，但主權者的權力已經受到制約，也就是說一旦統治者無法履行契約內容所訂的保護人民義務的話，人民有權廢約，換掉統治者。在這裡，他提出了「抵抗權」的概念。到了這個階段，政治哲學家開始用契約這個概念來比擬國家與人民的關係——它比較像是一個 analogy（類比）或 metaphor（隱喻），因為國家形成當然不是契約關係，而是一種宏觀的歷史過程。但在國家形成的某個階段，確實可以發現到，現實需求導致統治者和被統治者之間，逐漸在形成某種協商的關係。在某個意義上，這些政治哲學上的契約論，就是對政治史的那些歷史事實做的一種抽象化（abstraction）。它是在呼應、表現那個時代的精神——或者反過來說，因為時代有了需求，所以會出現一批理論家，創造一些理論來正當化統治者跟被治者之間的交換關係。首先出現的就是十七世紀的霍布斯跟洛克。前面提到西歐國家形成的第一階段是封建制，封建制的特色就是權力分散，上面有個最大的諸侯，底下再分給小諸侯，整個封建國家注重的就是這些諸侯之間的關係，完全不在意人民。可是等到下一個階段，最強大的領主想要把所有的權力集中到自己身上，形成政治史所謂的「絕對王權」。絕對王權的出現同時意味著中央集權國家的形成，一方面權力集中在一個單一的主權者，另一方面整個被治者群體也要被納進來成為被王權直接統治、並且能夠積極表達效忠的人民。就是在這個從封建分權轉化成中央集權的階段，契約論出來了。最大的封建領主要把自己轉化成唯一主權者的過程中，要打倒其他的權力分享者，同時要把所有人民納到自己的直接統治下，但人民不是那麼容易就被拉過來的，他必須和人民之間建立一個交換關係，才能達到這個目的。發展到下一個階段，治者與被治者的主從關係就更進一步改變了，關鍵人物是十八世紀後期的偉大思想家盧梭。盧梭在《民約論》明白主張，人民可以自由地參與或脫離這個形成國家的契約，也就是說，根據盧梭的想法，人是有權選擇要不要參與一個國家的。這個志願性契約的概念，已經是當代民主國家的公民權概念了。到了這個階段，就歷史時間而言已經是現代民主出現的前夜——更正確地說，應該是 Democracy（民主制）和 Nationalism（民族主義）共同出現的前夜，people／nation 正在形成。

在這裡，讓我們回顧一下剛才的討論。剛開始的時候，一個國家裡面沒有 people，只有一群農奴，一些商人，在他們上面盤踞著一群寄生的武裝貴族集團。然而隨著時間過去，這個政治體內部的組成分子慢慢在整合，我們可以看到占絕對多數被治者和少數統治者之間慢慢在形成一個關係，到了絕對王權的時代，整個國家的 boundary（領土邊界）形成、確立，然後被治者群體——所謂「人民」——也開始形成。到了法國大革命前夜，也就是現代民主正要誕生的前夜，我們發現做為「民主」（democracy）的前提——民（demos），也就是 people，已經要形成了。他們開始認同這個原本被莫名其妙強制圈入的國家了。但更重要的是，這個 people 現在已經是主權者，整個政治關係已經逆轉了。這是國家正當性基礎將要完全轉移到人民的時刻。用政治思想史上契約論的發展來參照對應的話，這個政治史過程就可以看得很清楚，因為「契約」確實是一個很好、很生動的 metaphor。我們現在正在討論一本小說選，而小說家最喜歡使用各種隱喻，所以我就反過來用政治哲學的隱喻來回應本書主題的質問：「國家為什麼要請問？」國家向來只有在它需要的時候才會問。借用前述國家形成模型的語彙來說，國家要發展到某個特定階段才會開始想到要問被治者的同意。從政治史的角度觀之，在國家形成的四個階段裡面，國家要到第二個階段才開始慢慢會去問人民意願，然後到第三個階段以後國家與人民才慢慢主客易位。如果從西洋政治思想史的角度看，可以從契約論的出現來觀察。從霍布斯到洛克，一直到盧梭，剛好就是國家走到了「非請問不可」的最後階段。到了這個階段，既然這個國家是由契約而形成的，統治者當然要問被治者意願，而如果他無法履行契約上的義務，人民當然可以撤回契約，脫離這個國家。這個時候，就不會有想要逃離國家卻逃不了的狀況了。如果我們依照政治理論的邏輯去推衍的話，就會得到這個結論。

國際法承認征服權

我的架構主體大致就是如此，但是還沒完成。為什麼？因為直到目前為止我所描述的只是一國之內的狀態。換言之，前面所說的是在一個領土邊界內部發生的事：從早期封建王國到後來形成一個整合的、內部產生共同認同，然後以人民為主體的民族國家，也就是國境內部形成契約關係，外部維持穩定民族國家形式的過程。但我們還必須討論國家的外部關係。事實上，當民族國家逐步形成時，戰爭與領土征服，war and territorial conquest，也還在持續發生中。現代國際法上曾經存在一個現在可能很難想像的概念，一直到二十世紀中期二次大戰結束前還是有效的，叫作征服權（right of conquest）。換言之，國際法曾經認可征服的權利與弱肉強食的法則，根據征服權，戰爭的勝者有權要求取得領土或是賠償。這個征服權一直到二十世紀前半還是為國際法承認，要到二次大戰後才廢止。所以民族國家在內部形成穩定的契約關係，但這個契約關係沒有延伸到外部，國家對外還是維持傳統的權力均勢、弱肉強食，領土征服的叢林法則，一直到二十世紀前半，國際法依然承認這種國與國之間相互爭戰、征服、兼併、殖民統治這些行為。此時民族國家雖然內部穩定形成某種新的規範，也就是人民的意願必須被徵詢，但是這個民主規範並沒有適用到外部，國與國的關係事實上依然受到現實主義原則所規範，因此帝國主義擴張、征服、兼併、殖民統治等作為，是國際關係中司空見慣的現象，而強國要征服、兼併、殖民統治弱者，當然不會「請問」弱者的民意，因為它們認為這是強者的正當權利（rights）。為什麼在二十世紀一次大戰以後會出現自決權的概念？當然就是對這個「強權即公理」規範的反彈。換言之，雖然國際法依然承認強者有權征服弱者，取得領土跟人民，但那些被兼併的弱者如今也開始要求自我決定權，想要「被問」了。所以「國家從來不請問」的命題放在這個脈絡中理解，意思就出現了變化：在國際政治上，當弱者要求（征服者）國家問你的時候，就是在行使自決權。在國內是民主，也就是主權在民，你的統治需要我的同意，你要問我，但是在國際上你要取得我們這個家園的支配權，要統治我，必須先取得我的同意，這在國際上稱為自決權。

II 臺灣的國家形成階段

臺灣的國家形成，必須放在前面描述的民族國家對外擴張脈絡之中來理解。十九世紀後半到二十世紀前半，史家一般稱為Age of New Imperialism，也就是新帝國主義時代。在那個時代，主權國家之間的征戰，透過戰爭取得領土，進行殖民統治這類事情，可謂司空見慣。臺灣的國家形成模式基本上就是帝國主義、殖民主義、地緣政治衝突這些過程當中的一環，不過臺灣不是擴張的主體，而是被侵略與形塑的客體。事實上，自古以來臺灣的命運就幾乎完全受地緣政治衝突、帝國主義、殖民主義所支配，所以人民從來沒有被徵詢過，並不是到了這本書描述的國民黨時代才開始的。

地緣政治衝突的產物

早期西歐民族國家的形成邏輯，其實也可以應用到臺灣國家形成史之上：原本在一塊土地上耕耘，帝力於我何有哉的住民，莫名其妙被捲入戰爭，然後被納入了一個國家領土範圍內，經過幾百年之後他們才慢慢從裡面轉化成對這個國家的效忠、認同，並且還要求把這個國家主導權拿回來。不過，臺灣主要是外部力量進來主導的，可以說是一種「外部的國家形成」。數百年來，眾多外部強權把臺灣的領土與住民當成魚肉宰割，而臺灣在這個過程中經歷各種外部力量形塑，最終形成了一個國家。這個國家的出現既不是我們本地人所決定，也不是我們要的，它就在這裡。「中華民國在臺灣」根本不是臺灣人要的，它是完全超越我們控制的、巨大的結構性力量在幾百年形塑出來的最終結果。這不是我們自己選擇的國家，但我們已經被圈到裡面了，那麼我們該如何理解這種關係呢？事實上，在這整個過程中，臺灣做為國家和被圈進去的人民／臺灣人是同時、相互形成的——我們不只沒有選擇這個國家，也沒有選擇要做臺灣人，我們是被變成臺灣人的。這涉及幾個大的歷史過程。首先是移民的土著化，因為臺灣的住民多數是外來移民，而移民要先土著化，變成本地人。其次，移入臺灣的各族群之間，要經歷一個社會整合的過程，讓「人民」出現。最後，還要經過最關鍵的一道手續，就是民主化。臺灣民主化大致可對應到西歐國家形成的第三階段、第四階段，在過程中主客易位，人民變成統治主體，掌握了國家。到了這個時候，轉型正義的問題才出來，也才變成問題。所以，轉型正義其實是一個民族國家形成接近完成的最終階段才會出現的問題。換句話說，當一波又一波的外來統治或者是強權、地緣政治的衝突正在發生時，沒有人在談正義的事情。轉型正義這個問題是要在國家形成已經到完成階段後才會出現，而且它的目的是要清洗過去外部國家形成在社會留下的暴力傷痕。幾百年前我們的祖先們莫名其妙變成這裡的人，莫名其妙被不同的國家需索忠誠，但是經過很久之後慢慢形成了國家，而且把國家控制權拿回來以後，我們要檢討過去這些違背我們意志，把我們硬納入這個國家的過程所發生的種種對祖先們的傷害，要去清算它，因為這個東西會成為社會體內的傷痕。為什麼要處理這件事情呢？因為我們必須重新塑造、鞏固這個新國家的正當性。

現在讓我們比較細部地看一下臺灣國家形成的過程。我把它分成三個階段。第一個階段是前國家時期。原住民族大概八、九千年甚至一萬年前，或者更早之前就來到臺灣，但是基本上他們在臺灣始終沒有形成大規模的領土國家。歷史上確曾出現所謂大肚王國、卑南王國或是恆春半島的部族聯盟，但這些都不是嚴格意義下的國家，所以我比較傾向把這段時期稱之為前國家時期的部落社會。部落社會中的統治結構以及統治者與人民的關係，還沒有那麼發達、複雜，它有一些權威關係但沒有那麼清楚，所以我們現在談的國家暴力還不會成問題。「國家」變成問題，出現在臺灣的歷史地平線上，應該始於荷蘭時代。那麼荷蘭統治者又是怎麼來的呢？他們是重商主義時代的舊帝國主義帶到臺灣來的。接著是明鄭時期。所謂「明鄭」政權的出現，其實也是重商主義時代帝國衝突的產物。這個衝突同時包含了大陸的帝國戰爭、海權勢力的衝突，以及陸權帝國與海權的衝突。首先，鄭成功集團本身是大陸帝國舊政權的殘餘。滿洲帝國從內陸向中國本部擴張，打敗了明帝國，大陸上兩大帝國戰爭後，敗者逃向海洋，就是鄭氏集團的起源。其次，鄭氏集團向海洋逃逸，與荷蘭爆發海權勢力的衝突，取得了臺灣。最後，滿洲帝國這個陸權勢力擊敗了鄭氏海權集團，領有了臺灣。在這整個地緣衝突過程中，臺灣住民的意志沒有扮演任何角色。

讓我們重新整理一下：所謂「明鄭時代」是什麼？明鄭集團最初是大陸帝國戰爭的敗者，逃向海洋時與占領臺灣的重商帝國主義勢力經過海權衝突之後取得臺灣，建立了政權。就是這樣。而臺灣史上所謂「清領時期」，不過就是大陸新帝國向海洋擴張的產物。這一切跟臺灣住民的意志有任何關係嗎？沒有任何關係，不管是平埔族、高山族、漢族或任何人都沒有關係。總而言之，這一切就只是強者戰爭遊戲的結果，與人民無關。

下一個階段的日本，則是十九世紀末東北亞地緣政治衝突帶來的另個外部統治者。臺灣會被捲進這一局就更荒謬了，因為日本跟清帝國是為了朝鮮半島的宗主權而發生衝突，結果日本戰勝後拿走的竟然是臺灣，而非朝鮮半島，所以日本領有臺灣是非常典型的地緣政治衝突與帝國主義時代所謂征服權的表現，戰爭勝利者有權利要求賠償，並且依其戰略目的索取領土跟人民，而被割讓土地上的人民則無權置喙。但日本統治初期確實給了臺灣住民兩年的國籍選擇時間，所以如果你要問「國家請不請問」的話，那個時候確實有稍微請問一下，讓臺灣住民在一八九五到九七年之間，可以自己決定要回去清國還是留在臺灣。日本這次民意徵詢可能有受到乙未之役臺灣人激烈抵抗日本接收的影響，但它的意義跟我們在談的題目不太一樣，而且這是極少數的例外。接著是國民黨，這個政權又是因戰爭而來到臺灣，我歸納為三個戰爭：二戰、內戰和冷戰。二次世界大戰日本戰敗之後，國民黨受惠於同盟國領土分割協議而取得了臺灣，但是接下來馬上爆發中國內部的國共內戰，國民黨潰敗之後逃到臺灣來。逃到臺灣之後，馬上又爆發了一個全球冷戰，而冷戰不只救了國民黨政府，還創造了一個叫作「中華民國在臺灣」的新國家。這本書在談的很多故事的背景，都涉及了我剛剛描述的臺灣國家形成的歷程，但這整個過程幾乎沒有一樣跟人民有關係。

國家暴力在臺灣的演變

無論如何，我們可以確定至少統治者在國家形成前期從來沒有問過人民。現在為什麼能夠出這本書，同時可以討論轉型正義，是因為我們進入了臺灣國家形成最後的階段，我稱為「本土國家」階段，也就是說一個主要是外部因素形成的國家，現在被本土化與民主化，而經由這樣的過程，我們獲得了一個最初祖先們沒有選擇，接著又硬塞給我們，但是終於被我們掌握了的東西：一個叫作「臺灣」的國家。要到了這時候，才出現要檢討過去發生的這些暴力的問題。

尤其臺灣的民主化屬於八〇年代全球第三波民主化，跟十九世紀第一波的西歐比起來晚了一百多年，所以可以看到「人民不被請問」的現象，在臺灣的個案中根本就是一種歷史的常態。在談到本書具體內容之前，要再稍微提到跟本書相關的一些戰後臺灣國家形成所涉及的國家暴力。其實真正要談國家暴力的話，應該要從日本時代開始談，因為臺灣經驗的第一個現代國家（modern state）是日本。甚至可能應該從劉銘傳談起，因為他一八八〇年代開始在臺灣做 state building（國家建構）的時候，臺灣出現大規模的抗稅暴動，也就是著名的戴潮春事件，而清政府對這個抵抗的鎮壓可以說是臺灣史上第一次比較明顯的現代國家暴力。不過，臺灣所經驗的第一個真正成熟的現代國家是日本，而在日本時代臺灣確實就已經歷過一輪的國家暴力鎮壓了。不過既然本書收錄的故事都以國民黨統治期為背景，我們就把討論範圍限定在戰後。戰後臺灣被交到國民黨手上以後，經驗過幾輪比較大規模的國家暴力。不過，其實臺灣從一被交給國民黨的時候就發生了涉及國家暴力的重要事件：臺籍漢奸與戰犯審判。中華民國拿到臺灣領土的第一件事情，要先確認這個領土上面的人民對「祖國」的忠誠度，很不幸的是新政權和舊政權在戰爭中互為敵人，於是過去效忠日本舊政權的那些人首先遭到清算。戰時臺灣人是擁有日本國籍，做為日本國民，平時必須效忠日本國家，戰時則不得不與中國對抗，所以戰後第一波國家暴力的目的，就是先要清除和審判臺灣人之中的「漢奸」跟戰犯。處理過這一波之後，再來才是二二八，接著才是內戰延伸的所謂五〇年代白色恐怖，也就是臺灣省工委會的問題。此外，還有一個比較少人注意到的問題：如果要把舞鶴〈逃兵二哥〉這篇文章放進選集的話，怎能不提到許昭榮的故事呢？許昭榮講的臺灣人老兵，經過了三次完全非自願的戰爭。第一個是太平洋戰爭被日本徵兵做為日本兵，跟盟軍打。第二是在二二八後被國民黨徵兵，叫七十師，跑去中國打內戰，這時候變成國民黨兵，然後內戰打輸以後變成俘虜，之後又被共產黨強迫徵兵去打韓戰，十年裡面代表三個不同的國家打了三場戰爭。[3]這個個案在我來看是一個非常明顯的，而且非常臺灣式的國家暴力形態，因為它涉及了來自外部的強制戰爭動員以及連續殖民。最後一波，則是戒嚴時代，特別是六〇年代以後的政治壓迫。

在前面的討論中，第一部分我們談的是關於國家形成的基本架構，我們清楚看到國家形成過程當中，人民意志被徵詢本來就不是常態，那個是後期的事情。在第二部分我們大致檢討了一下臺灣的個案，發現更加充分地表現出「人民不被請問」的特徵，因為臺灣的國家形成的外部性特別明顯。所謂「外部性」特別明顯的意思是說，由外部因素或力量來決定內部的發展走向，而臺灣自身無法決定自己的命運與目的。在這個地緣結構下，臺灣的住民不管是哪個族群都沒有自己的 purpose（意圖），所有的 purpose 都是由外部的地緣政治與戰爭衝突來決定的。所以當初施琅說服清帝國拿臺灣，跟人民無關，日本要求清國割臺灣，跟人民無關，盟軍決定把臺灣交給國民黨，也跟人民無關，每個政權都是如此。

以上大概就是我所謂的理論性架構跟歷史架構部分，我是從描述這個架構開始，再來看這本書的內容，這樣比較能有一個系統性的看法。在這個觀點下，我把這本書當成國家暴力經驗的文學表現——或者更精確來說，把本書當成臺灣人對二戰後這一波國家暴力經驗的文學表現。

III 文學如何表現國家暴力經驗

我最直接的閱讀印象是，本書選文只碰觸到臺灣國家暴力的很外部而已。有可能是文學家創作的不夠多——我指的是比較即時的創作，換句話說在國家暴力發生相對較近的時間內，所產生的作品少。我想這是合理的，因為大家怕得不敢講不敢寫，所以一部分原因可能是這方面的文學作品比較少。其實還可以找找看，我覺得應該還有。不過另外一個原因，可能是沒有收錄回憶錄作品之故。我的意思是說，如果把回憶錄當成一種文學形式的話，其實被害者跟家屬回憶錄的描述更加多樣、複雜而且更生動，有時候是更讓人毛骨悚然的，真的要談「暴力」的話，與其看小說不如去看他們實際上的經驗。你看陳英泰、蔡焜霖，或者郭振純現身講自己的經驗，像他在軍法處身上被澆上糖水，之後丟到螞蟻堆上讓螞蟻來咬他的身體這種事情，或者他跟丁窈窕的關係這一類所謂 human drama（人性劇），可能在這些當事人的回憶錄或自傳描述得更生動。此外，像高一生的故事其實還有非常多沒被挖掘的。高一生最後幾年國民黨在他身邊布滿了間諜，所以那段時間發生的事情幾乎有如諜報故事一般。當時他的家人也是被長期近身監控，在過程中與監控者之間還有微妙的互動關係，這些真實發生的事情其實有很強的文學性，可惜好像還沒有作品出來。

所以我要說明的是，我看這些作品的感覺沒那麼強烈的原因，是因為我知道太多故事了，它們奇怪的、鮮明的、激烈的程度遠遠超過這些作品。另外還有一本回憶錄是非常驚人的，就是小說家馮馮的回憶錄《霧航》。讀過這部回憶錄的人都知道內容非常恐怖，大概是我讀過外省白色恐怖受害者所描述過的最恐怖經驗。書中有兩個我印象最深的暴力場景——一個是高雄海軍招待所的水牢，另外是他描述說國民黨軍隊裡面，特別是海軍內部的異議者遭到整肅之後，被送到北部濱海公路上一個精神病院，看了真是毛骨悚然。老實說，我至今仍無法根據史料或其他受難者敘述來確認書中一些記載的真偽。馮馮是以回憶錄的形式寫出來，但我還沒辦法判斷應該把它當成回憶錄還是小說。

移入國家在族群與性別的異質性國家體驗

讓我們回到這些純粹的文學作品本身吧。它們到底表現了什麼樣的國家經驗？戰後國民黨從外部帶進來這個 state，它的各種面向，特別是暴力面向，在這些臺灣作品當中是怎麼表現出來的呢？我試著整理出兩大主題。第一個大主題是「移入國家」

（settler state）——也就是從外部移到臺灣來的國家機構——所帶來的異質性的國家體驗。換句話說，這些作者對國民黨這個國家的體驗差異性非常大。現在一談到白色恐怖，一般的論述都把這個概念均質化，彷彿那是某一個遙遠的過去，叫作「白色恐怖」，而看待胡子丹、看待蔡坤霖的時候，不會區別成本省、外省或原住民，把他們全都看成「白色恐怖的受難者」。然而儘管都是受難者，他們個別的經驗其實是很不一樣的。為什麼？這就得要回到剛剛講的那個命題之上了：臺灣的國家形成不是自己內發形成的，而是一個外部移入的國家。「中華民國」本來就不是在臺灣出現的，它是在長江下游地域形成的國家，最終移到臺灣來，而這個移到臺灣來的過程帶來一個猛烈、暴力的過程。也就是說，戰後國民黨從接收臺灣到移入臺灣，跟臺灣之間產生一個嫁接關係的過程，是極度暴力的過程，這個暴力不是只有對本地人暴力，對於它從大陸帶過來的人也是很暴力，所以這裡面會出現移入國家帶來的異質性國家體驗。從族群角度來看，我們這些年研究白色恐怖，很清楚知道大陸籍的白色恐怖受難者跟本省籍受難者，其受難的原因和過程都非常不一樣，如果仔細去看，其實差異非常巨大。他們受難之後對這個國家的感受也不一定是相同的，有些大陸人受難之後還是堅持熱愛這個國家。

關於本書所提到的人物，我們可以看到幾個不同的族群。第一個是大陸人。大陸人最明顯的經驗就是中國的內戰，也就是兩個中國政權之間的內戰，這是最鮮明的東西。比方說我們在施明正的小說〈喝尿者〉注意到這個敘述者不斷在觀察外省人，他非常留意這些外省人，寫魯老、周老時不斷在談他們的國家跟黨國經驗。我注意到，他對這些人的描述非常外部。他並沒有嘲弄他們，但他跟他們隔著很大的距離在描述一個跟臺灣無關的經驗，發生在遙遠地方的經驗，這些人為了某些事情而進到監獄來，但作品裡面都沒有講他們為什麼進去，只稍微帶到，沒有特別去提，作品只描寫本省籍的主角實際上從外部看到的東西。另外一個例子是林央敏的作品〈男女關係正常化〉，提到苗栗師範臺籍學生，對外省籍校長的那種外部性的感受。如果只是族群差異就算了，可是涉及到國家的話你會發現一個有意思的地方，就是小說中臺灣學生用臺語嘲笑蔣公。這個我也有經驗。小時候，我們用臺語講三民主義叫「下麵煮湯」，我們對三民主義這個用北京話唱的國歌沒有任何的情感，反而自然地用臺語去理解，所以小說裡面講到用臺語去嘲笑蔣公的這群本省籍學生的時候，我感覺到作者非常明顯地是在面對一個完全外來的東西。

第二個是所謂本省籍的漢人。本省漢人面臨到一個問題是非常典型的：他們是一群困在帝國夾縫中、不斷被外來不同強權征服土地的人民，在中國內戰的時候更是經驗到兩個外來政權同時向他們需索忠誠——國共兩邊各自宣稱說，我才是你的國家，你要向我們效忠。可是很多臺灣人夾在中間，事實上對這兩邊都不清楚，因為它們是完全外部的東西，是陌生的東西，可是卻必須要在很短的時間內去做出一個決定要不要愛它，臺灣人夾在中間不知道要投向哪一方，然後動輒得咎，一不小心就化為齏粉。戰後初期的時候，除了極少數意識形態型的知識分子以外，大多數臺灣人其實是在這個處境之中去看待這些國家的。談到這裡我補充一下，剛剛提到大陸人，這次選的作品比較少觸及大陸人對國家的看法，這是比較令人遺憾的。我覺得劉大任的作品也不是，他談的是另一種大陸觀點，那個等一下再談，我現在指的是國家體驗，也就是大陸人如何體驗國家？在這本選集中我找不到大陸觀點的作品，所以我只好談本地作者眼中的大陸人，但如此一來就不可避免會碰觸到他們的外部性。

總之，臺灣漢人要面對第一個最大的疏離或是外來性，就是兩個外來國家向他需索忠誠，所以不管他要做匪諜還是什麼，他或者必須效忠國民黨的中華民國，或者必須效忠共產黨的中華人民共和國，但對他來講，那兩個外部的東西都不是他自己的，這是非常明顯的，所以他們必須要去學習怎麼樣變成那個東西——變成白色或紅色的「中國人」。等到後來國民黨鎮壓成功，政權穩定下來之後，外來國家就開始對這群中國人性格不足的臺灣漢人進行規訓跟同化了。林央敏筆下描述的那個師範生的遭遇，不就是整個同化的過程嗎？這個故事不就是在講一群充滿野性的鄉下小孩，滿口臺語，沒有國家觀念，是怎麼樣被規訓、同化為「中華民國國民」的嗎？同樣的，我們也看到施明正作品有幾段不斷在用一種嘲諷的口氣說，他如何學習做為一個中華民族的成員。在我來看，沒有比這些「立志」的段落更諷刺、更凸顯他對這個政權的不屑、不滿跟抵抗了。在這裡面，你可以清楚看到「中華民族」的外來性，以及要「努力成為中華民族」過程中包含的規訓與同化，但別忘了「規訓」不是一個中立的過程，所謂discipline指的是掌有權力的A要把不同性質的B原來的特性全部抹除，改造成A想要的東西，所以「規訓」不只是一種讓你喪失自由的權力作用而已，它同時讓你變成另外一種人。這就是一種不折不扣的暴力。

至於原住民的處境當然就是雙重的。第一重的處境，就是剛剛講的被兩個外來國家需索忠誠，最有名的例子就是高一生跟林瑞昌的案子。根據目前我們所知的史料，應該已經確定他們兩位當時都沒有入（共產）黨，但是他們夾在兩個政權之間，左右為難，不知道該怎麼辦，也許某些時刻他們想要利用其中某個力量來對抗另外一個力量，但這是一個極度困難，或者幾乎不可能的操作，而他們終究失敗而化為虀粉，所以他們是非常慘的。瓦歷斯・諾幹的作品《城市殘酷》有提到林瑞昌的案子，但是他還提到原住民族所面對的另外一重處境，涉及了種族或是族群關係。故事中，兩個原住民小孩到山下來讀國中，不知道要向蔣公銅像敬禮，甚至不知道那個銅像是誰。這就是另一層次的問題，也就是某個漢族國家的政治象徵事實上直接迫害到一個完全不相干的群體身上。所以原住民族除了要處理位於兩個政權之間夾縫的困境之外，還要面對大陸征服族群的文明歧視。林瑞昌在一篇五〇年代初期被逮捕前的文章曾經抱怨說，號稱「祖國」的中華民國這些人來到臺灣對於原住民的態度，是非常不好的，因為他們不知道原住民族受到日本的統治五十幾年之後，獲得相當文明開化的經驗，事實上已經很進步了。結果現在中國人來到臺灣把臺灣原住民當成邊疆民族，而且是一種《山海經》裡面那種對原始民族的看待方式。他們這些受過日式高等教育的原住民知識分子對此非常不滿。這裡不是只有文明程度的差異，還包含了不同族群的差異。兩個完全不在那個大陸文明裡面的小朋友，讀書的時候首先要面對的暴力，是一個校工在代替國家執行規訓，規訓的對象是「蔣公」這個全然外來、異民族的概念。所以這本選集處理族群問題的意圖是很明顯的，可以清楚看到大陸人、漢人跟原住民。

另外一個異質關係是兩性關係，或者應該說「性關係」，因為性別（gender）議題在作品不明顯，主要處理的是性（sex）的問題。林央敏小說裡面所謂的「男女關係正常化」，其實是一個非常有意思的比喻，可以看出故事中整個所謂的事件，其實就是一個國家的倫理規範，也就是中國式儒家倫理對性關係的規訓。這個規訓如果純粹只是社會關係式的規訓或者文化關係式的規訓，那也就罷了，但故事裡它被連結到政治規訓，政治性非常明顯。它具有一種兩義性，一方面指涉男女關係正常化，一方面又指涉美匪關係正常化，所以故事裡面不正當的男女關係被比擬成不正當的美匪關係，於是從國家的眼光來看，這個單純的校園事件就產生了政治性。所以作者沒有直接處理到 gender，他在這篇小說處理的是性關係在極權國家體制下如何被政治化。他主要不是從優生學或倫理的角度，而是用「美匪關係」這種政治的角度來理解性關係的控制。理想上如果這篇故事中有更多關於 gender 關係的討論會更好，可惜沒有看到。

薄弱的加害者形象

我歸納出的另一個主題就是加害者。關於苦苓的

〈黑衣先生傳〉，我不確定自己是不是有正確地閱讀，不過最後一段敘述者說黑衣先生突然間變成他自己，他打他的時候他就消失了，然後他意識到黑衣先生其實沒有自己的面目，換句話說他如果去跟蹤監視誰他就會變成那個人。所以在我的閱讀之中，黑衣先生變成一個shadow figure，他是一個spy，沒有自我，是國家用來監視的工具，因此必須要正確地反映所監視的每一個人。楊青矗〈李秋乾覆C. T.情書〉裡面提到的主人翁看起來應該是黨外運動時代的人物，一個歸國的留美學人，後來被逮捕，這種背景經歷是一九七〇到八〇年代黨外運動時代異議者的一種類型。他在獄中因受不了疲勞審訊而亂咬人（做不實供述入他人於罪），變成加害者而因此產生了創傷，這是七〇年代政治犯常見的遭遇。總之，我在這篇小說中所讀到的主要訊息是：被害者同時也成為加害者了。整體而言，我覺得這些作品當中的加害者主題非常薄弱。當我們談轉型正義，尤其人權侵害、國家暴力侵害的問題時，通常我們要必須處理幾個核心角色，如加害者與被害者。轉型正義涉及的暴力根源當然是來自國家機器的制度性迫害，但「國家」是一個抽象的整體概念，必須透過具體的代理人來制定決策與執行暴力，涉及這些暴力的決策與執行過程的人就是所謂加害者。感覺上，卷三加害者的部分比較不是那麼清楚。或者應該說，這本文集不是沒有嘗試呈現加害者，但是挑選的這些作品當中並沒有出現很典型的加害者形象。什麼叫典型加害者形象？我舉個例子，李喬的「寒夜三部曲」第二部《荒村》，談農民運動時出現了一個歷史上真正的人物，書中李喬把他改名叫作鍾益紅，其實本名應該叫鍾日紅，《臺灣總督府警察沿革誌》裡面有他的名字，這個角色是臺灣人的警察，但他從頭到尾緊盯著裡面的主人翁劉明鼎（真有其人，原名劉雙鼎）在苗栗大湖搞農民運動，非常厲害，很精明，這是很典型的加害者形象，李喬寫得非常栩栩如生，很驚人。另外一個是活生生的人，我所知道臺灣五〇年代白色恐怖中最具戲劇性的加害人應該叫谷正文，谷正文的個案似乎在文學作品中還找不到，但是在張炎憲教授做的《鹿窟事件口述》訪問裡面，收錄有谷正文的訪問，在訪問中谷正文描述當時如何從鹿窟抓回來好幾百個鄉下人，還把未成年根本無法入罪的小孩子留在自己家裡當奴僕，而且沒有留下任何逮捕審判紀錄，我看這個東西覺得比小說還更驚人，而且他在講那些事情的時候沒有任何罪惡感，彷彿就在講陽光空氣水這麼自然的事情，好像事物的本質就是如此——「是的，他們就是被我逮捕的，所以他們來做我的奴隸。」我當研究生時曾經去他家訪問過他，聽他講話時的感覺是：This is pure evil。我認為這個人的故事應該會變成描述加害者的一個很好的文學題材。

整個社會成為共犯

第二個大主題，就是小說裡的人們對國家暴力的回應方式。我把它分成幾種類型。第一個類型是「共犯」。為什麼說共犯是一種回應方式？這套文集裡最驚人的共犯大概是李喬的〈告密者〉，他告密告到最後把自己也告了不是嗎？你可以看到，他從一開始被脅迫當告密者，後來被同化，把告密的價值內化到產生精神分裂來對抗自己。李喬的〈告密者〉是最驚人的一個個案。另外書中還有一些其他的告密者：如施明正〈喝尿者〉提到金門的陳先生，林雙不〈臺灣人五誡〉提到學校裡小規模的告密者像柳東北，或瓦歷斯・諾幹《城市殘酷》講林瑞昌案裡的帖木・夏德，或劉大任《浮游群落》講的余廣立，這種告密者大概是裡面最多、最常出現的角色。它是不是一種對國家暴力的回應？我覺得是。為什麼？因為在許多情況下，這是一個選擇，而你可以選擇要不要加入他們。

漢娜・鄂蘭曾經在《極權主義的起源》討論到極權社會的特性，她研究蘇聯還有納粹的體制，她說這些體制跟一般那種威權體制有一個比較大的不同是，這種極權體制，totaltilarian regime，全面性地把每個人都捲到體制裡面，讓他們去扮演互相監視的角色，結果到後來每個人都同時是加害者也是被害者。所以一九八九年天鵝絨革命爆發，中、東歐的社會主義政權紛紛垮臺之後，有一波出土、公布祕密警察檔案的浪潮，結果人們發現連人權鬥士本身也在祕密警察的協力者名單上，曾擔任過 spy。我們很難去確認這些紀錄的真假，但是有一點是可以確認的：極權主義政權絕不只是單純用國家機器單方面監控你，而是把人民積極地 involve 進來，讓你們自己自發地去相互監控。這是鄂蘭很早就提到的極權體制的一個特性。所以在極權社會久了以後，沒有一個人是乾淨、清白的，這也是最困難的地方。在中、東歐那些前共產主義社會裡面，它們的轉型正義最大的困難就跟這個有關，因為沒有一個人是乾淨的。從這個角度來看，李喬的〈告密者〉個案幾乎是一個完美的範例。他們就是鄂蘭講的那種最民間、最基層的人，被國家捲入一個相互監視的體制之中；最初可能因為個人的小利小害去監視、去告發別人，但到後來內化了它的價值而去自發進行更大的告發。換句話說，國家本身不需要養那麼多 spy，專業的 spy 只要負責去動員社會，進行相互監視就夠了。所以從李喬的〈告密者〉，其實可以看出國民黨在臺灣戰後對社會的監控體制，不是一般拉丁美洲式那種鬆垮垮、完全靠祕密警察的監控體制，它具有蘇聯或中共式極權社會的特性，把整個社會組織進來，把人轉化成抓耙子。我把共犯分成兩種。不過要說明的是，此處的分類都是我從本書作品歸納出來的，不是說共犯本來就只有這幾種類型。共犯當然有很多種類型，但是我從書中看到的第一種共犯是告密者，第二種是腐化者。什麼叫腐化者？最典型就是林雙不〈臺灣人五誡〉描述校長彭吉高喜歡用公款來獎勵教員，而且不是公開獎勵是私下獎勵，這其實就是收買，收買結果就形成一種共犯結構。我們常常會看到警察或公家體制裡面大家集體收賄，集體收賄時大家就會把這件事情掩蓋起來，不會讓上級知道，類似像這樣一種 mechanism（機制），透過 collective corruption（集體貪腐），威權或獨裁體制把人轉化成共犯。人們對獨裁統治有很多種可能的反應，我先從最積極的角度去看。兩個極端——或者你加入它，或者你抵抗它。我們先看加入的部分，會加入獨裁政權通常是因為有相當的 incentive（誘因），我給你一點小利益把你捲進來當告密者，參加壓迫體制，或者我乾脆把你一起腐化，讓你沒辦法抵抗我。當然你也可以說告密本身就是一種腐化，但我這裡先分開來討論，因為有些腐化不一定涉及告密行為。簡單講它就是收買，讓人變成整個體制的一環。所以在極權體制或者是獨裁統治底下，不要簡單地把這裡面的故事看成是黑跟白、加害或被害那麼簡單的二元對立關係。這裡面有非常多中間、灰色的角色，他們很可能成為加害者或可能被 corrupted（腐化），他們收受這個利益，體制的利益。他也許不會做為一個積極的加害者，但可能變成消極的不抵抗者。

所以我們在看待國家的時候，必須注意到國家和社會之間其實不是那麼簡單的二元對立關係。殖民統治也是一樣，殖民者和被殖民者之間不是單純的二元對立關係。殖民者和被殖民者之間常常出現一群很重要的 go-between——英文稱為 collabarators，日文叫作「協力者」。我這裡在講的「共犯結構」，簡單講就是協力關係形成的支持結構。不管基於什麼動機，總而言之他就是變成了協力者，社會要是沒有一群在地的協力者，一個外來獨裁政權不可能光靠暴力跟恐怖就可以撐那麼久。它一定想辦法把你們這些本地人 involve 進來，英文叫 implicate（牽連），把你弄進來讓你變得跟我一樣有罪，那你就不會揭發我。所以國民黨政權有很多本土人士，國民黨把他們收編到外來政權當小老弟，讓他們分享到一點這些利益關係。同時我們可以看到很多特務是本省人，這就是「以臺制臺」，用這種方式讓人轉化成體制的一環。所以臺灣社會之所以對轉型正義沒有很強的熱情，是因為有一半的人可能都是加害者、共犯，也就是說，臺灣社會可能有相當一部分人曾經是整個體制的共犯。如果要調查，能不能調查得出來？也許可以調查到一個程度，但這樣勢必會引發很大的衝突。

臺獨到左統的抵抗

剛剛提到人對獨裁統治的兩種極端的反應方

式：第一個就是當共犯，第二個則是抵抗。抵抗的形象比較明顯，你可以在書中看到幾種抵抗的型態。一種是個人式的抵抗：林雙不故意創造林信介這個形象鮮明強烈的角色，挺直腰桿，光明正大，理直氣壯，為所謂「臺灣人五誡」那種臺灣式的骨氣代言，一反過去文學中常見的那種臺灣人畏縮、恐懼、隱忍的姿態。林雙不當然是刻意這麼寫的。藝術效果如何見仁見智，但這個書寫方式完全是政治的，因為他要透過文學作品重塑某種族群性格。他要創造一個新的族群典範，要告訴我們，臺灣人不再是委屈的小三、養女或舞女，不是，臺灣人是頂天立地的，對的就是對的，錯就是錯，而且敢講出來。這是個人抵抗，但林信介的個人抵抗同時也是政治上的抵抗。林雙不描繪的林信介除了做個人式、人格式的抵抗之外，其實談到很多政治理念，而且很明顯他的理念傾向獨派，主張以本土對抗外來，而校長彭吉高所代表的外來統治，跟他背後一整套非常 corrupt 的價值觀就成為非常明顯的對照。所以林信介的抵抗，不只是一個個人在人格、價值、integrity（正直）層面的抵抗，也包含了政治層面上本土對外來的抵抗。

另外一種抵抗是劉大任《浮游群落》所描述的統左，他的故事背景看起來很像季季寫《行走的樹》那一段，以六〇年代臺灣的年輕外省籍知識分子為中心形成的一個左翼圈子，他們試圖在臺灣推動紅色的抵抗。當然《浮游群落》有提到同時代的另外一個選項，就是彭明敏的自救宣言，而且劉大任對自救宣言的描述還算中性。

無論如何，我注意到不管是獨立派或左統派，本書中出現的抵抗有一個共通性，就是他們都在尋找一個理想的國家。他們的抵抗，不是在抵抗 state in general（普遍意義的國家），而是在抵抗眼前這個 KMT state（國民黨國家），所以他們事實上是想要去尋找另一個理想的國家。這兩種抵抗反映了兩種異質的人民的歷史意識。林雙不〈臺灣人五誡〉裡的林信介的歷史抵抗，或劉大任《浮游群落》裡的本省人林盛隆，他雖然是一個共產主義者，但卻也非常瞭解臺灣人臺獨意識的根源，因此他常常站在臺灣人立場批評外省人胡浩，說你們這些外省人意識很強。總之，可以看到在林雙不和劉大任小說裡面的本、外省人歷史意識的差異，因此所謂「抵抗」也不是「統一」的抵抗。如果書中所呈現的國家暴力經驗是異質性的體驗的話，那麼書中對國家暴力抵抗的描述也同樣反映了異質性的歷史意識。不只如此，書中這些不同的抵抗者他們想像的、envision 的抵抗形式也是不同的。本土抵抗者希望去動員本地人，而外省、左派抵抗者雖然期待本地人民，但是他們的抵抗最重要的思想根源是中國三〇年代左翼思想，而那個東西在臺灣完全是異質的，也完全是外來的。中國三〇年代左翼思想被引進本地並受到較為廣泛的認識，是比較晚期的事情，在那個年代來看是非常突兀的東西。一九六〇年代的臺灣社會裡面，一群外省知識分子為主的左翼分子拚命在集會中談三〇年代各種各樣的東西，然後要在臺灣實踐。所以事實上林盛隆講的是對的，你們竟然要實踐三〇年代的東西，但他自己本人也是矛盾，既反對臺獨，又看不起這些懷抱三〇年代左翼作家聯盟時代那種夢想的外省人，他覺得他們完全 out of touch（脫離現實）。所以在本書出現的抵抗者群像之中，你可以看到一種是本土的、傾向獨立的，典型的本省抵抗者，另一種則是典型的外省、統左的抵抗者，但還有一種夾在中間的林盛隆，他表現出一種本土左翼或中間型態。但不管怎樣，他們的抵抗都是失敗的。

加入與抵抗之外，另外一種選項可能是最討好的：逃離國家——這是大家最喜歡的一種選項，不是嗎？但很遺憾我必須要說，這只是一種 sentimentalism（感傷主義）。書中有三篇都在談這個問題，一個是舞鶴的〈逃兵二哥〉，另外是施明正〈渴死者〉裡面最終自殺的那個囚徒，他說，他終於成功了。為什麼？因為他只能用死來逃離國家。最後就是吳錦發〈消失的男性〉的鳥人，那個 bird man。我等一下再來討論這個逃離國家的選項的問題。當然他們都沒有成功，但我承認這還是一個合理的選項。

回歸家園：一個曖昧的未決之處

最後一個選項我認為比較曖昧，到現在還沒有辦法想得很清楚，我稱為「回歸」，以平路的〈玉米田之死〉為代表。所謂「回歸」是回歸什麼呢？主人翁陳溪山把玉米田當成甘蔗田的替代，想像他回到了臺灣南部的故鄉，鄉下的故鄉。平路描述了這樣的情景到底是什麼用意？我初步的想法是，它代表一種回歸。很明顯，這個場景表達了一種回歸意願，可是不是回歸「國」，而是回歸「家」，所以甘蔗田象徵的是臺灣南部鄉下，陳溪山是本省鄉下人，出國讀書後參加了保釣運動，當時參加保釣運動表示對中國有狂熱，對中華人民共和國曾有過幻想。他後來脫離這個運動，這意味著他對這個祖國已經幻滅，而幻滅之後他想要「返家」，但這到底是什麼意思？我之所以會覺得這個詮釋有困難，存在著曖昧之處，因為現在已經不存在不附著於國的家了。陳溪山對中華人民共和國感到幻滅之後，想要返回的不是中華民國，也不是一個比較想建立獨立國家的黨外運動；他只想透過玉米田回到想像的甘蔗田。所以我才說他想回到一個不附著於國的家，但是這可能嗎？主人翁死在做為替代甘蔗田的玉米田，是不是平路在對讀者暗示說，不經由國想回到家此路不通的呢？為什麼對保釣幻滅的中年臺灣人，在他想家的時候不讓他回家？作品裡面並沒有特別講他是共產黨或者其他有家歸不得的異議分子，那為什麼要讓他死在玉米田？為什麼不讓他做這個選擇？為什麼不讓他回去？為什麼不讓他像《夜行貨車》最後，詹奕宏看到夜行貨車說他要帶著劉小玲，他要回南部去？我讀《夜行貨車》到最後，感覺陳映真實在是一個獨派。《夜行貨車》最後那一幕，他看到貨車是往南回去，他說要回故鄉。所以平路為什麼不讓陳溪山回去呢？為什麼讓他死在這個地方？是代表什麼？是讓他告訴我，今天對於中華人民共和國幻滅，對社會主義幻滅的人，現在想要回歸你的故鄉，南部有甘蔗田的地方，但是南部的那塊甘蔗田的地方仍然附屬於一個國，它還在中華民國統治下，而且八〇年代初期它還在戒嚴時期。所以是不是要告訴我們說，就算你想回去，到最後還是回到中華民國，回到一個戒嚴的獨裁國家底下，所以也無法真正回家？你沒有辦法回到一個不附著於任何國的家——平路有沒有想到那麼深？我不曉得，但這是我的閱讀。

為什麼這裡面不可以給陳溪山一個「臺灣國」的選項？小說中有描述到一些臺籍留美學生與臺灣黨外議員的交流，換句話說，小說裡確實出現了以獨派為志向的黨外民主運動身影，那為什麼它沒有變成陳溪山的選項？是因為當時還有一種像林孝信這樣的人，雖然沒有放棄保釣的理想，但是臺灣的民主運動也成為他思想之中一個新的元素，豐富了他原來對中國的單一想像嗎？總之，我認為臺灣人回應國家暴力的這個最後選項——「回歸」的曖昧性很強，因為平路在故事中留下一個非常曖昧的未決之處——法國哲學講的 aporia，沒有解決的問題。真相是不是這樣呢：陳溪山其實想過要回臺灣，可是即使回到臺灣終究只是回到國民黨懷抱而已，他的甘蔗田不再是過去那個純淨的甘蔗田，而是專制獨裁統治下一塊被汙染了的土地，所以不經由國而想返家，這條路也被封住了，走投無路之餘，最後他就自殺在玉米田。是不是可以講到這個地步呢？我是不是在強作解人呢？我不曉得。

IV 尋求人民在國家的出路

在結論中，我想討論這個問題：是要逃離國家，還是馴服國家？這意味著要回到我們最初的問題。在我今天談的第一部分，也就是國家理論部分之中，我試圖回應「國家從來不請問」這個標題。我提醒大家一個經驗事實：「國家向來不請問」，不分東西，自古皆然，這是國家形成前期的特質，而人民真的有機會被徵詢意見，則是相對晚近的事情，至於處在地緣政治邊陲地區的人民，像我們臺灣人，更是加倍如此。我們更不可能逃離這個規律。這是一個基本的客觀事實，本身非善非惡，它就是這個樣子。

國家暴力根源於人不完美的社會性

一般而言，對於國家的暴力性最常見的立即反應是什麼呢？就是無政府主義，也就是想逃離國家。其實我自己就是一個例子。我長期站在公民社會立場從事社會運動，非常厭惡國家的暴力性與強制性。我也是臺灣極少數鑽研無政府主義的歷史與思想，而且還會讀世界語（esperanto）的學者，我真心嚮往一種可能逃離國家的途徑。但是令人無奈的是，人類似乎有一些基本缺陷，導致他們無法形成自發性的秩序——也就是說，不用外部強制就自己可以合作，形成一種秩序，一起從事集體行動。所謂「無政府」要的不就是這個東西嗎？「無政府」要的就是不要「政府」這種外部強制力，一切事情只要人民自己相互合作溝通就可以解決：我們可以相互合作溝通、形成共識，一起生產、消費，一起做各式各樣的事情，不需要政治，不需要權威。這是無政府主義的願景，但是這東西在現實中走不通，人們還是需要組織、規則跟強制，需要某種權威才能形成秩序，平穩地過集體生活。最終，政治沒有辦法取消，權威也沒有辦法取消，而政治與權威無法取消就意味著國家沒有辦法取消。如果借用盧梭政治哲學的話，這一切根源於人類社會性的不完美。人類有一種群居的本性，不可能單獨過活，必須和大家聚居，形成社會，問題在於人類又沒有完美的社會性——人類要是有完美的社會性，就能夠自動自發形成社會秩序，毋須任何的強制，可是人類的社會性有缺陷，人類雖然喜歡聚在一起，可是聚在一起就開始衝突。所以國家暴力未必完全來自於人的惡意，有部分是緣於人類這種不完美的社會性。人類因為不完美，必須群居才能夠活下去，所以人類有社會性，但是人類的社會性又不夠完美，不懂得怎麼樣合作，於是經常衝突，衝突之後才會出現對外部權威的需求，需要把權力交給少數的仲裁者，讓他們來創造秩序，創造安全，然後在安全的秩序底下人們才有辦法開始經濟生活與文化生活。國家的起源就從這裡開始，而它的源頭就是人類無法自發性地創造合作秩序的缺陷——說得白話一點，人類自己沒辦法合作，於是創造了一個國家來逼自己合作，結果這個國家後來失控，變成某種自主性的東西回過頭來壓迫你。

在談這個問題的時候，我認為太過於simple-minded的無政府主義的思考，只是一個感傷主義的東西，思考的層次不夠深，甚至很難說是一種真正的思想，反而比較像是一種moral impulse，某種道德或情感的衝動，以及對於權威的制約反應——你要壓迫，我要自由，我不要被你管這樣子而已。問題是，真的沒人管之後，接著你要怎麼辦？沒有人好好想啊！你不要國家，不要權威，逃到一個遙遠的島上，但是到那個島上一個人活得下去嗎？如果不行，就得要找一群人一起活，一群人在一起又開始有分配的問題，《蒼蠅王》都已經講那麼清楚，連小朋友都會產生國家暴力了。所以無政府主義這個東西在情感上可以理解，甚至同情，但理智上我們知道這樣走不下去。

馴服國家巨靈

當代有一些人類學家被稱為新一代的無政府主義者，例如到英國教書的美國人格雷伯（David Graeber），他是占領華爾街運動的首謀之一。格雷伯很相信人類可以自發合作，想要從人類學的角度去尋找一種前現代的，或者另類的社會型態，它是不需要權威的。我自己多年來也一直在思考是不是能夠找得到這樣的社會？本來我以為過去確實存在過這樣的社會型態，只不過後來因現代國家形成而被消滅掉了，但最近我讀了《自由的窄廊》才發現，其實過去我們以為是無政府的部落或社會，還是需要某種程度的社會控制機制才有辦法維持秩序，所以並不是像我們想像中的好像是個天堂，人們在那邊愉快地、自發地形成一個相互合作的秩序。比較接近事實的情況是，這些社會發展出了某些社會控制機制，做為國家的替代，但是這種社會控制有時候比國家的壓迫性更大。

長期研究、思考政治現象，使我慢慢瞭解到有一些人類社會生活的鐵律確實存在，你還是沒辦法逃離政治、公共生活的某些規則，而你要去創造規則跟 exercise 規則，還是必須創造權威，所以終究我覺得國家或者是具有國家機能的事物（不管你稱呼它為什麼），可能還是無法取消。「國家從來不請問」這個標題，隱含了對無政府秩序的一種嚮往，然而如果這種高貴的嚮往在理智上被證明只是一條死路的話，到底要怎麼辦呢？其實也沒那麼難，有一個非常重要的政治學家，我的老師安德森（Benedict Anderson）的好朋友，耶魯大學斯科特（James Scott）教授，他在一本書《不受統治的藝術》（*The Art of Not Being Governed*）最後的結論，就提出了一個合理的答案。東南亞的平原跟高山交會地域有一大塊地區是一直到二次大戰結束為止，始終是現代國家沒有辦法穿透的一個地方，那個地方的很多部落人民過的是一種沒有政府權威的生活。斯科特說這是最後的無政府領域，人類的無政府烏托邦，但現在已經完全消失了，因為二次大戰以後整個東南亞民族國家形成，已經透過現代科技跟統治的秩序完全深入控制每一吋土地了，所以這個最後的無政府空間已經不再存在，整個地球都已經完全被主權國家所分割覆蓋了。面對這個情況，做為一個無政府主義者，我們還能有什麼選項呢？斯科特提出一個解答：既然國家巨靈已經無法逃避，那麼就只能想辦法馴服這個巨靈。要怎麼馴服國家巨靈呢？在當代政治境況下，唯一的方法就是透過民主制和公民社會來馴服國家。不過，我們必須要普遍提高社會的教育程度才能創造真正積極的公民群，a group of active citizens。換言之，我們必須運用民主制跟公民社會來設法馴服國家，而即使我們無法完全馴服這個巨靈，還是要盡可能地去除國家內藏的暴力性，然後再把國家轉化成一個可以創造和提供公共財的事物。這是我目前為止所看到最有說服力的論證，除此之外我還想不出到底無政府主義要怎麼走下去。再說一次，雖然我自己情感上非常接近無政府主義，但是在理智上我知道，所有那些憧憬無政府秩序的人，至今依然無法在現實中創造出一種可行的無政府秩序。我們永遠無法 do away with politics（廢除政治），即使是在文學的想像世界之中，我們還是必須面對人性的缺陷與人類處境的複雜性，不簡化現實，不一廂情願，勇敢踏入現實的泥沼之中，蹣跚前行。

注釋

1 Charles Tilly, "War-making and State-making as Organized Crime," in Peter Evans, Dietrich Rueschemeyer and Theda Skocpol ed. *Bringing the State Back In* (Cambridge: Cambridge University Press, 1985), 169-191.

2 Stein Rokkan, "Dimensions of State Formation and Nation-building: A Possible Paradigm for Research on Variations within Europe," in Charles Tilly ed. *The Formation of National States in Western Europe* (Princeton, New Jersey: Princeton University Press, 1975), 562-600.

3 許昭栄，『知られざる戦後：元台湾人日本軍・元国府軍台湾老兵の血涙物語』。高雄市：鄭自財，二〇一二。

通往受損人性的迂迴長路

——閱讀《讓過去成為此刻：臺灣白色恐怖小說選》的歷史性策略，以及文學之於倖存的渺小救贖

林運鴻

人文與社科的雜食讀者，仍舊充滿好奇心的中年男性，特別熱愛大眾文化跟低俗笑話。聯絡請寄：picaball@gmail.com

我要進入，我要進入（死亡）了
我從未如此醜惡
我從未如此遲鈍
我進入得愈深
牢獄之牆便愈內縮

我要進入，我要進入（死亡）了
我想要從遠處看著你
難以置信
即便我生時茫然盲目
我還是創造了愛

——Lhasa de Sela, "I'm Going In"（何穎怡譯）

一

對於轉型正義的各面向工程而言，時間永遠是最大敵人。我們害怕的是，倖存者隨歲月凋零、加害者罪行在因循中遺忘、統治者實施鎮壓的場址湮沒，還有處決與監控人民的祕密文件被餘孽銷毀。所以，蛻變自極權的後進民主社會，對於歷史中「陰暗」的那一面有著巨大饑餓——守望往昔的人要求更多檔案、更深入訪談、更全面的細節研究。

對於一部，在系統性加害發生多年之後才姍姍來遲的「白恐」小說選集而言，比如，由春山出版社與國家人權館合作，並由作家胡淑雯、童偉格共同編選的《讓過去成為此刻：臺灣白色恐怖小說選》，上述這種保存過往的急迫感，必然是不可或缺之背景。於是，即使是來自虛構和敘事等技法的文學作品，我們都盼望它的質地「所言不虛」。此要求的目的在於，人民受國家侵犯的那些罪惡，能夠透過文學此一體裁「保存」下來，並成為邁向未來的共同記憶。

然而，要求更多「真相」，也可能是「創作」一事的額外牽掛。做為長期關注臺灣轉型正義工作的思想家與運動者，吳叡人在本期的〈國家向來就不問〉一文，就尖銳地提出疑問：關於白色恐怖、威權統治的文學作品，是不是僅僅碰觸體制暴力的側面而已？與其閱讀最多只是影射的小說，好像還不如去傾聽受難者自己的嘶啞聲音。「文學寫作」畢竟不脫稗官野史，當事者血跡斑斑的證詞，包括自傳、口述史或者回憶錄，當然有無可取代的權威性。

某種意義上，在豐厚、複雜、浩瀚的「真實」面前，文學之為物本來就蒼白軟弱。即使是心心念念銘記威權統治創傷的小說家，他們也都從未忘記去揶揄，若是誤將「創作」當作「抵抗」之時所意味的虛妄。

例如，《讓過去成為此刻》卷一收錄的《臺灣男子簡阿淘》，就描寫了「文學」事業難以感召人民大眾的那種無力感。在小說中，身陷囹圄的簡阿淘聽聞前輩作家呂石堆犬死於鹿窟深山，他只能夠悲傷地渾身發抖。諷刺的是，就算簡阿淘立誓要踏著前輩血跡，「寫出比呂石堆更好的小說」，但那些親眼目睹典型殞落、告知死訊的鹿窟居民（他們正是殖民鎮壓歷史的第一手「證人」），卻因為監獄放飯時送來了熱騰騰的南瓜湯，歡呼著大吃起來——對於不識之無的「貧困群眾」來說，他們並沒有辦法去理解，呂赫若死訊所意味的是，未來數十年本土文學的傳承將要被掩埋於（由政治力所摧折的）廢墟最深處。

卷二〈從前從前有個浦島太郎〉，也有類似使「文藝」的倫理性責任顯得那麼虛幻的片段。從多年政治黑獄中歸來，人稱「寶將」的前地主少爺，時不時想起自己著迷於「高爾基先生」的戰後時光。當時「寶將」一「想盡辦法脫離他來自的那個階層」，熱心地將帝俄時代的現實主義小說翻譯為母語，試著啟蒙自己家中廣大佃戶。但是這些純樸天真的農民，終究也沒有搞懂隱藏在詩歌背後的社會主義思想。在故事尾聲，大半輩子蹉跎於監牢之後，垂垂老矣的「寶將」竟然在家中倉庫找出從未拆封的獄中家書，原來，不只是佃農們從沒搞懂高爾基的偉大理想，妻子兒女們同樣無視於自己的千萬交代，自顧自地在繁榮伴隨階級不平等增長起來的臺北城裡，囤積了價格飆升的房產。

因此，不管是在政治行動或是檔案存真的意義上，「文學」很難是轉型正義的第一戰線。讀者當然動容於，在臺灣小說中，嘗試為犧牲者代言、為極權創痛縫合傷口的努力，但我們也得承認，如果文學一事依賴的是人類天賦中高尚的想像力和正義感，那麼高尚終究不敵鄙惡——統治者的冷酷、體制的滴水不漏、特務機關的構陷、背叛者與告密者的貪婪⋯⋯現實以其無可挽回的冰冷，根本不容許文學這小小把戲有資格與之一較長短。

也許，借用催生多部轉型正義專書的春山總編輯莊瑞琳在〈在虛空中掘墓〉一文的說法，我們稍稍可以繞開「歷史與文學孰重」這類難題。要怎樣才能「從虛構的小說去觸碰白色恐怖的形狀與特質」，那顯然不完全是書寫足以代替目擊的問題，而是，有些時候，我們需要如同閱讀文學那樣地，運用寬容、同情與設想，才能在一些原本就無從穿透的地方（比如，事後無從得知的，加害者和統治者在染血歷史現場的所思所想），去貼近不可能重現的過往。

一種具有策略性的「讀法」是，正如同莊瑞琳暗示的，把《讓過去成為此刻》這樣厚重四冊選集，當作「一本」六十萬字長篇小說來讀。讀者的任務當然是無比謙遜的，傾聽小說字裡行間所發生的「恐怖」，並非斷定虛構可以代替事實。然而這畢竟是一個血腥、無情，而且登場角色牽連極廣的故事，所有親歷或孑遺的國民，每一個世代，我們所有人，都是在該長篇粉墨登場的義務演員。

二

這並不是第一次，臺灣社會用文學選集的方式，去回應仍然隱隱作痛的威權統治疤痕。在《讓過去成為此刻》之前，已有數部關於「二二八事件」的文學選集，嘗試召喚死而不滅的歷史精魄。

然而，「二二八」這種一次性屠殺之主題，仍與漫長的「白色恐怖」有著顯著的不同。經過多年以戡亂、戒嚴為名義的強人統治，「白恐」早已是臺灣社會很難徹底撇清的文化與社會基因。一家一姓的統治者為了鞏固他們在小島上構建的偏安朝廷，所謂「國家」這個近代以來愈見膨脹的人造物，化身著魔後的千手觀音，舉凡掠奪生命、徵收財產、監察言論、教化思想……那種近乎神權的力量，不只是掌握了公共事務的每個角落，更甚至，滲透了我們的靈魂，將人民轉化為如果不是從犯共謀至少也是政治侏儒。

也許可以說，白恐不僅僅是一種事件或一段狀態，更是一個因為歷史錯誤而早產的現代民族國家，在啟蒙前夕的悠長黑暗。

所以本書主編童偉格才在一次講座中說道，若是從更宏觀角度，幾乎可以把整部臺灣文學史，都當成國家暴力的「後續」——故而都得以歸入廣義的「白恐文學」，無論文學之為物，本質上是附從或反抗。

由是，我們就必須特別注意以下現象：由於白色恐怖做為「免除國家遭到顛覆」政治上的例外狀態，國家所欲鎮壓消滅的，並不只是有血有肉的個別異見者。也許更重要的不是殲滅敵人與叛徒，而是要創造出，打從心底忠貞的臣民。所以「歷史詮釋」與「大眾情感結構」一直是現代國家必爭之地，而對仰賴於集權、獨裁、恐懼的威權統治者來說，如何在文化認知與歷史記載上，覆蓋以「國家」偏好的敘事，便是當局最重要的優先問題。

儘管我們都期望，「文學」本應扮演社會良心的角色，但如果翻開《讓過去成為此刻》後附的作品編年，讀者很快就發現，從一九四五年到一九七二年這段漫長時間中，除了極少數用日文出版因此多少繞過當權者偵伺的例外，文學幾乎無法直擊現實。

無論如何，威權統治最強大的權柄在於，國家有能力要求歷史表現出「空白」或者「滿載」，端賴統治者的需求。而寫作，無論是在政權當下的微小夾縫中進行祕密書寫，或者是在政權退潮鬆動以後帶著歉疚和悼念來搶救跟回顧，都是為了救贖被國家暴力強加於文明的種種捏造。

三

《讓過去成為此刻》四卷的結構大致如下：卷一講的是遂行逮捕鎮壓之歷史現場；卷二是在囚禁或槍決以後，受難者自己或後代無法揮去的頹唐；卷三說的則是，人的獨立與自我，在集體主義下被迫擠壓變形的過程；而卷四來到了其他那些並未受到子彈與律法直接脅迫的地方，也就是國家為了榨取勞動和掠奪資源而精密計算出的犧牲體系，還有在此系統中被刻意留滯於貧困的下層階級與少數族群。

細讀兩位主編的〈編序〉，其中有一種對於共同記憶的殷殷期盼。我們必須「倒退走入未來」，胡淑雯指出歷史記憶有其塑造希望的時間面向；然後要揭露「空白及其景深」，童偉格則說，在「文學史無言」的現象後方，權力分布的空間是如此盤根錯節。

《讓過去成為此刻》若其整體即為一段「故事」，

那麼本選集比起以銘記屠殺做為主要目的的前行者，就還多了一些歷史哲學上的嘗試——所謂「詩學的內省」，那是小說的無用之用，要把被國家暴力壓抑的東西，關於人類的質地如何在時空中嬗變、無論是退化或進步的潛能，從小說虛構中淘選出來。文學總是相信，即使在最極端最卑微的處境裡，人類還可以有一些微渺但有意義的選擇。

卷三的〈逃兵二哥〉就是這樣的故事。軍隊原本是最不可能容許絲毫反抗之所在，然而無論身在何處，人類這一生物都能昂然不屈。沒讀過什麼書的二哥，多次頻繁逃兵，最後更延長成與「獵人」的終身戰爭。發人深省的是，二哥從部隊出走，並非由任何理想主義所趨動，他只是本能地，感覺必須在自由空氣中才能呼吸。為此他不惜鄙薄體制，甚至拋妻棄子。〈逃兵二哥〉此篇的敘事者「我」，同樣在兵役期間感受到格格不入，然而「我」做為一位「畸形知識分子」，終究在進行思想改造的軍營豬圈中，償清了體制強加給人民的「國民義務」。兩兄弟行為的對比，似乎闡明了宰治與反抗這雙生概念可能有的矛盾，然而，若思考二哥那不計任何代價也要獲得「自由」的頑強意志，其寓意似乎是，足以超越任何意識形態的天賦本能。

然後，卷二《臺北戀人》，回到了戰後初期開啟白恐禍端的四六事件。儘管這部取材於實地訪談的小說作品，洋溢著思慕「祖國」的愛國主義熱忱。這種情感恰好與歌頌「個人」的〈逃兵二哥〉南轅北轍，但是，正因為小說中的男女青年學生受到美好的烏托邦感召，他們才有那種，不吝為同志犧牲、硬頸掊擊強權的無私。

同樣收錄於卷二的〈虎姑婆〉，在以威權統治相關主題的臺灣小說中，可說是別樹一幟的存在。假如起義與革命的歷史敘事都是父權角度下的不可靠性別文本，那麼，一位由文學虛構所製作的女主角「謝雪紅」，本身的形象就需要將性別與政治的勾連予以解構。比起文獻中堅毅、冷靜、運籌帷幄的地下黨領袖，〈虎姑婆〉把謝雪紅描述的有如大地母神：治豔而張牙舞爪，風情萬種地對於陽剛法西斯政權提出類同於性慾的索求——只因「女性」在我們的歷史中，很少被承認為足以扭轉集體命運的重要人物。

就美學上來說，《讓過去成為此刻》顯然有著挑戰老派寫實主義圭臬的膽識，去囊括了偏離當前國族認同、較少「政治正確」、更大膽的實驗手法在內的另類白恐書寫。這也宣示了，這樣一本具有歷史意義的選集，不願意對任何一種藝術上的權威屈從。

因此，文學式的「紀錄」，同時也是從精神史的角度，去設想一個社會在非常歷史條件中可能有的道德面貌。大膽地說，今日編選《讓過去成為此刻》這樣一本小說選集，就或許是一顆，寄予明日烏托邦的思想種子。即便，我們永遠不會提前知道，思想和審美的絕對自由，會不會在人類的未來真正長成。

四

與歷史、社會、政治等更偏重理智的學科不相同的是，叩問「人的悲劇」，通常屬於文學的獨有任務。儘管為了完整理解罪惡，我們不可以遺漏結構與背景的相關知識，諸如特務機關組成、扞格憲政的惡法、行刑與囚禁的空間布置、冷戰與殖民的國際關係……等等，然而文學更加在意的還是，無法被實證的靈魂的成色。

如果真有一種迂迴的內省，必須透過文學來傳遞——「內省」總是後來者的後見之明——在個體無從選擇必須在巨靈寶座下方俯伏的年代，即使只是對於現狀感到懷疑的內在感受，都是加諸主體的難以負荷重量。

幸而，小說這個文類，對於「人」本身抱有最大程度好奇。一方面，我們想要靠近極端狀態，窺看那些在歷史舞臺上側身魔鬼隊伍的幫凶黨羽，看清他們如何自願投身於屠宰事業，打從心底效命體制。但與此同時，我們也盼望同理更為普遍的類型，諸如常人如何在高壓獨裁下被迫沉默馴化、疏離人性，或者是倖存者在漫長的牢獄生涯後，始終無法告別的懺悔和自責。

卷一的〈波茨坦科長〉，就是從枕邊人角度，去觀察在二二八事件前夕，效命於獨裁軍事政權的機會主義者。故事的主角是天真的本省女孩玉蘭，她受外省青年范漢智的吸引，兩人在「回歸祖國」的時代性歡慶中結為連理。然而，這次跨省籍婚姻幾乎是一場詐欺，隨著范漢智忙碌於各種「接收臺灣工作」，玉蘭慢慢看清夫婿的真正臉孔。這位年輕官員並沒有任何政治信念，中日戰爭時曾為帝國鷹犬，來臺灣後立刻轉為黨國爪牙，盜賣公家物資、恐嚇遣返日人，多麼骯髒的事情他都輕易做得出來。然而〈波茲坦科長〉高明的地方正在於，玉蘭無法簡單結束這場輕率的婚姻，也在懵懂間懷上了范漢智的骨血。亞細亞的孤女就這樣陷入了無從拯救的悔恨。

而卷三的〈告密者〉，是更為複雜的內心苦旅。主角湯汝組，是領有正式番號「三八七四」的政府線人。然而，儘管每一次寄出「專用信封」他都感到「隱密的快樂」，但是綜觀整個故事，卑鄙的抓耙仔卻是一個缺乏自信、無有寄託、吞忍認命的心靈弱者。隨著他與「機關單位」的牽扯日深，湯汝組不斷催眠自己，告密是出自對社會秩序的善意，最後在「使命」膨脹到幾近錯亂的時刻，湯汝組向上級告發了猶豫不決、渴望「包庇」戀人的自己……

除了那些，在國家機器轟然運作的當下，出於功利算計或「愛國使命」而參與加害系統的「共犯」以外，六十年間深陷於威權統治的臺灣人民，還深深困擾於一種，自覺並不無辜、對長年旁觀感到巨大罪疚的心靈餘震。

廣泛分布於《讓過去成為此刻》四卷中的「倖存者」故事——這類故事應該是被威權體制所喚起的相關臺灣文學作品中，數量最多的類型——顯然說的就是，政治緊縮所遺下的創傷後壓力症候群。「經年累月活在感傷的懺情當中」，這或許是白恐書寫中最使讀者印象深刻的主題。

在卷二的《去年冬天》，就記述了一段因為政治迫害而被強制中斷的刻骨銘心愛情。故事裡那位終於離開數年黑獄折磨的理想主義者王戎、還有當年一直沒等到王戎告別的律師陳琳瑯，這對過去的革命愛侶雖然都各自擁有了另外的婚姻與「普通人的生活」，但是當兩人再次重逢，他們再也沒有辦法抑制不安於室的衝動。驅動他們的已經無關肉慾渴求或心靈寂寞——陳琳瑯怨恨自己當年沒有陪伴政治異議者的勇氣、而今日也無法接受被刑罰改造以後，中年王戎所顯現出的那種犬儒懦弱。這段精神出軌最後釀成自殺悲劇，但是真正的原因或許是，充滿真情的人被「國家」挫敗後，他們沒有辦法接受背叛自身信念所導致的椎心自責。

而收錄在卷四的〈暮色將至〉，更把倖存者被內疚緊緊糾纏的餘生，描寫的尤其動人。主角林桑是黨外運動中意外掉隊的參與者，儘管他將自己的失意歸罪於與前妻阿君不睦的愛情生活，但其實，骨子裡，他自知從來不是堅定的政治動物。許多年後，阿君因絕症纏綿病榻，一直到嚥下最後一口氣，林桑都沒辦法將長年的歉意宣之於口。林桑說不出口的「懺悔」，除了沙文男性在婚姻關係中的無能與傲慢以外，其實更是，儘管林桑這一代人最終見證了強人統治的殞落，然而民主運動的成功，同時也要求無數反抗者承受生涯荒蕪、一事無成的無可排遣之失落。

也許，對於某些從威權時代遺留至今的年邁靈魂來說，那種無法真正寬恕自己的情緒，既來自有愧於在政治抗爭上「不夠勇敢」，又難以承認在艱困的流亡歲月中，對於親人朋友的任性與自私。無論是妥協、隱遁或逃避的記憶，都成了未來的日子裡，在良知內部蠢動、無法與國家暴力一同安息的原罪。

五

臺灣白色恐怖經驗還有一個特色是，在國家之「命運」甚囂塵上、集體綁架個人的民主寒冬之中，高尚的安那其主義並不是反抗運動的指引。對於那些質疑獨裁、嚮往解放的心靈來說，理想的「共同體」仍然是最美好的追求，只不過，神聖的「祖國」猶待找出可以實作的操作型定義。

卷三的《浮游群落》，就還原了一九六〇年代中期政治異議者的路線紛爭。在當時的高壓氛圍下，大學裡的知識分子仍然爭辯著社會應否西化、民族的前途位於何處。有人組織勞工，醞釀著有朝一日回歸神州；也有人寫下〈臺灣人自救宣言〉，為了民族獨立的理想在黑牢中殉道。當然，還有更現實的選項，投誠「中華民國在臺灣」，向警備總部供出地下同志，換取升官赴美的大好前途……

然而，不管是對岸的「社會主義祖國」、或是此岸的「自由基地中國」，這兩個法西斯政權都是被動現代化的東亞近代史中，「民族國家」為了讓自己能夠在最大程度上動員、驅使群眾，因之倉促形成的機械產物。由愛國主義所召喚的，吾黨所宗、心胸狹窄的利維坦，從來不願意忍受人的個性，或是人的獨特。

卷四收錄的〈老人〉，講的是二二八事件後，一位決意回歸祖國的臺灣左翼青年。然而，「故鄉」似乎和設想中有些不同，留滯中國的漫長時光中，主角從滿懷熱血的青年逐漸變為步履蹣跚的「老人」，卻發現整個世界一再陷入批鬥與清算的政治狂熱。「老人」感嘆文化大革命帶來的苦難，也想念響應「知青下鄉」運動，與自己並沒有血緣關係的繼子。但國家對於這位「臺灣同胞」的審問永遠不會結束。就在「老人」出席紀念周恩來的天安門人民集會後，找上門的政戰幹部要求：「坦白從寬，抗拒從嚴。」

若是對比於總是高唱階級鬥爭的「紅色恐怖」中國，在我們這個由軍警特務層層保護的小島，也存在著被資本主義體系所壟斷的另一種強迫秩序。暫時棲居臺灣的所謂「自由中國」、「反攻基地」，除了二二八屠殺這些不能被公開談論的禁斷記憶，同時更存在著一面冰冷高牆，那是底層人民再怎麼努力，也不被允許逾越的經濟等級。

在政治上，一九五〇年代末期之後，鎮壓搜捕稍緩，經濟逐漸發展，臺灣社會看似迎向平靜。然而，卷二的〈浦尾的春天〉，就用一種不動聲色的筆法，揭開了「社會穩定」所立足的真正地基。表面上看來，〈浦尾的春天〉是描寫青澀歲月的成長小說，年輕的敘事者因為工作之故，來到了某處南部海濱小鎮。然而，純樸的小鎮卻存在某些怪異，對自己的好感若有似無的阿月姐，明明在二二八動亂中失去初戀情人，卻選擇嫁給呼風喚雨的管區警察。而親切熱忱的上司老邱，似乎有地下組織背景，最後因為匪諜罪名而被政府逮捕。許多年後主角重遊故地，才有餘裕把這些回憶碎片拼湊到一起：當年老邱負責的那件工程，從小鎮郊區挖出多具頭骨上有處決彈痕的屍首——或者其中一位正是阿月姐的舊識。

若再從政治經濟學角度，本選集卷四《白色的賦格》裡頭的「國家」形象，又還有更多的社會學意義。比如，〈蘋果的滋味〉這個短篇，出身南部鄉村的工人江阿發，在大城市領取微薄日薪，出賣體力勉強維生。然而某日卻「不幸」被駐臺美軍上校的高級轎車撞斷雙腿；而在〈糴穀日記〉裡，回到島上常見的每一處貧脊、窮困農村，整個庄頭的住民受困於政府強制性的低價收購米糧政策，於是在一個綿綿陰雨因之特別慘澹的春末，幾乎全村的人都誤信了奸巧地主的詐騙，僅剩的收成也化為烏有。

我們不禁要問，為何臺灣島在初嘗經濟奇蹟甜味的光輝時刻，農民與工人的生命如此寒蠢？太平洋戰爭以來，國民黨政府奉行威權統合主義，用政治強力干預產業發展與物質分配，國家透過各種政策榨取農業剩餘，迫使低所得農村勞動力遷移至大都市周邊的工廠、加工出口特區。在這樣的安排下，臺灣島「以農養工」的歷史，最大目標就在於滿足全球資本主義分工體系。換句話說，威權統治當局設定了本土社會的經濟分層，讓藍領勞動者必須仰賴第一世界肥美的肉渣過活，國家也在此類「依賴型發展」中蓄積了獨厚資產階級以及黨國統治菁英的技術與資金。

就此而言，戰後文學書寫的核心，無論如何迂迴，終究直指「國家」所擁有的特權地位。不管是為了「社會穩定」，因此透過軍警特務，偵搜逮捕異端，無視國民基本人權；或者為了「經濟發展」，犧牲底層農工百姓，以獲取更多進出全球市場的資本。所謂「白色恐怖」背後的「國家主義」根荄，深深地植入了戰後臺灣的方方面面。

即便如此，文學的想像力，有時還能提供讓我們超越單一民族國家的恢弘視野。就算戰後臺灣文學史確實被流亡蔣氏政權的龐大陰影所籠罩，然而，我們的本土經驗並不自外於整個「全球南方」的結構性遭遇。

好比卷二所收的〈狄克森片語〉，平行對照了兩段天南地北的人生：從古巴、西班牙然後遷居美國的羅莉塔，協助夫婿編出了在海外大受好評的《狄克森片語》。而經歷日治、威權、民主化的政治受難者柯旗化，則是參考《狄克森片語》，寫出了影響臺灣中學英語教育的權威參考書籍《新英文法》。原來，不管是卡斯楚、佛朗哥或者蔣介石的威權統治，它們竟可以被「先進國度的語言」如此聯繫起來（或者說，二戰以後全球各地的強人政權，本來就是冷戰年代美蘇外交政策所默許或刺激的產物）。但是最諷刺的地方在於，受壓迫者只有努力學習歐美帝國主義的優位語言，或許才能多多少少逃離，在獨裁壓制下平民百姓無法暢所欲言的在地困境。

六

如同前面所言，在此，我們若是將《讓過去成為此刻：臺灣白色恐怖小說選》視同一部史詩長篇，而非零碎選集，那麼這四冊前後呼應、層層進逼的每一個章節，其真正的敘事主軸就是國家暴力所構成的複雜整體，或是隱喻利維坦癲狂失控的文化政治。

但即使如此，在批判人造巨獸的同時，轉型正義綱領所渴望抵達的終點仍是「未來」，也就是一個社會的體質必須行過怎樣艱難的內省歷程，最後才能真正對極權免疫：公民社會更強大、代議政治更有效、曾有的歷史創傷被銘刻在民族精神內核、以集體為名義的權力受到監督與節制、人類存在的基本價值被國民無條件肯認。換句話說，批判國家不是為了揚棄這個治理工具，而是要讓「國家」或「共同體」可以被人性所駕馭跟節制。

這也是為什麼，在這部小說集中，我們甚至能看到透過文學所折射的、意圖「馴化國家」的隱約渴望。

卷一的精采中篇〈香港〉，提問的就是此一難題。假如，失根的人來到一個「沒有政府」的地方，他未必就此重拾尊嚴，亦有相當可能墮入修羅。悶熱陰鬱的一九四九年夏天，參加反政府結社因而遭受通緝的臺灣青年賴春木，坐上走私漁船，逃往沒有政治壓迫的避難地「香港」。然而，無數逃難群眾瀰跡於髒臭簡陋的貧民窟，所有人互相監視、互相嫉妒，任何社會契約不再可能，人性的高貴也就此淪喪。主角賴春木在租界地這樣物欲橫流的地方，為了生存下去而學會了欺騙與無賴，但他早已不敢去追憶，當初自己曾擁有絕大勇氣，挺身反抗不公不義的國民黨政權。

而卷三收錄的〈玉米田之死〉，則把類似處境，擲入一九八〇年代的美國華人社群。那時我們的島嶼猶在保釣運動、臺美斷交之餘波蕩漾下惶惶不安，有辦法的社會菁英急著離鄉去國，不再回首這個被國際遺棄，又被當權鎮壓的彈丸之地（這也讓我們想起今日被強國蹂躪，因此分崩離析的香港）。然而，總是有那樣一個，身在異國又思念故土的人，錯把玉米園當甘蔗田，在其上反覆看見家鄉的熟悉月光。比如故事裡飲彈自殺的陳溪山。由此可見，沒有國家不行，處在錯誤的國家，同樣也不行。〈玉米田之死〉正式發表於一九八三年，臺灣民主運動之胎動已然不可遏抑，許多已經留學經商「去去去，去美國」的臺灣遊子，紛紛放棄外籍，回到集權獨裁的腐敗還未消散的土壤，要把主權的種子取回，再次播撒於人民心口……

無論如何，當國家以人民為叛徒、為死敵、為羔羊，不甘為奴的凡人便在現實重壓下萎縮變形。

或者，面對威權有很多道路，屈心降志淪為爪牙是一種選擇，但是陷入悔恨苦痛，對邪惡袖手旁觀卻無力掙扎，可能又是一種無可奈何的安頓。由文學此一隱喻性載體所要捕捉的白色恐怖「形狀」，那也是為了提醒我們，沒有制度的保護，人與禽獸之間的距離並不遙遠。

七

如果說，文學必然誕生於一個社會的具體歷史進程，那麼，在臺灣這塊土地上，銘記體制對於人性與正義造成的凌辱，就會是寫作一事不可逃避的命運。

正因為殖民者攜來的「國家」，曾以空白與謊言強加於整個島嶼，所以，在政治紛擾以外，叩問悲劇的「文學」不得不期望自己，肩負啟蒙民族、重構認同、恢復人性的艱鉅任務。而為了實踐這樣的任務，「寫作」就不能限於藏諸名山的藝術追求，也不只是去質問威權統治的檔案考掘，它更發端於解剖人與社會之本質的強烈願望——文學能夠透過想像與同理去探詢，冷硬的政權為什麼不約而同將子民逼入絕大恐怖。

於是，當我們靜心傾聽屬於臺灣的《讓過去成為此刻》，也就可以辨認出，一道道由人禍留下的洶湧暗潮。在這種關於國家暴力之「普世性」裡，領袖崇拜、勞改營與集中營、種族滅絕、強制遷徙、思想控制、法外處決、財產掠奪、祕密警察，這些情節同樣是當代各國民族詩篇中熟悉卻沉痛的一章。例如德國的《錫鼓》、捷克斯洛伐克的《笑忘書》、羅馬尼亞的《呼吸鞦韆》、匈牙利的《平行故事》、多明尼加的《阿宅正傳》、哥倫比亞的《沒有人寫信給上校》……儘管在臺灣文學的版本裡，撫慰國家罪行的安魂曲，仍帶著一種掙扎、躊躇、尚未辨明的曖昧。

那或者是因為，當年臺灣的民主轉型選擇了所謂「寧靜革命」（或比較負面卻更客觀的葛蘭西式用語「消極革命」）的道路，一直到解嚴已經三十年後的今日，這個社會都沒有完全坦白「國家暴力」鑄下的沉痛錯誤，也還沒有追究加害者的責任、澄清獨裁者的歷史定位。

只要我們面對歷史尚有那麼一絲不夠誠實，這個共同體內的許多成員，就會繼續出於無知，或出於黨國思維的慣性（讓我們在此寬容、善意些來設想），寧可選擇遺忘、寧可輕輕放下威權體制的種種錯誤。更甚至，還有數量不菲的臺灣人民，每每將訴求和解的「轉型正義」，誤指為狹隘而短視的黨派鬥爭。

就此而言，「文學」大概會是一種，繞過對峙，從文化與記憶深處著手調養的一劑解方。在小心翼翼揭露歷史傷痕的敘事性工作中，首先我們要進入的是人的軟弱、無辜、動搖，而不是那麼直接地展開倫理與論述。

且讓我們再次思索胡淑雯在本書〈編序〉中的提醒：在物理性的罪行之外，白色恐怖同時也滅絕了人類最為寶貴的心智潛能，不管那是思想上的創造力或者是對於同胞手足的同理心。就算立場不同的讀者可能會與《讓過去成為此刻》碰撞出種種爭執，但最少，可以有以下共識：想像力（揣摩、設想那些無法復原的暴行的能力）對於真正的和解應當不可或缺。所謂文學敘事，其所致力的，正是透過這樣的嘗試，在國家之強大甚至可以改寫歷史的時刻，重新理解被封閉的、被隱藏的，有許多犧牲者被遺忘的那段光陰。

這條迂迴前往受損人性、謙卑地為靈魂清創的長路，可以想見，我們還要走上很久。而容納無可計數之哭喊、遺憾、憂愁、憤怒的《讓過去成為此刻：臺灣白色恐怖小說選》，也將會是這趟旅程中，溫柔卻也堅定的陪伴。

從一個並不那麼「政治」的角度，「文學」這回事，當然是一個被困在時間、被困在過去、被困在自己曾默許的罪惡的人類社群，字字斟酌寫下的自傳性生命故事。也許文學書寫對於「重回歷史」這一責任，能夠公開許諾的只有一件事：毫不懈怠地去挽留往昔，這一小小努力對於容易犯錯又常常遺忘教訓的人類，本身就有不可抹滅的意義。

安魂工作隊 簡介

成立於二〇一八年底，由一群創作、研究及各行業勞動者組成。

「安魂」具有雙重意涵。第一：安撫被遺忘的魂魄。我們想將消逝在白色歲月的鬥魂迎回故土，為故鄉的後輩看見。第二：重振當代人的靈魂。藉由認識往昔的抗爭，重探當代的景況，並且重新發掘與認識我們身上擁有的力量。

為了找到這條路，所以各種位置的行動者彼此連結，最後形成了「安魂工作隊」。

自二〇二〇年二月開始，安魂工作隊於各地以「說故事」、「身體工作坊」、「版畫工作坊」三階段的創作過程，邀請各地民眾參與，以每個參與者對自己鎮上白色故事的理解為基礎，並以身體為媒材，設計不同的肢體帶領工作坊，引領每個人藉由形塑自己與其他參與者的身體，描繪自身與故事的關係，雕塑出一座座身體的紀念碑，再透過拍攝這座紀念碑擷取出自己心中的圖像，最後以這張照片做為版畫創作的底稿，完成版畫後，作品便以複製的形式流傳於各地。

此計畫目前尚在持續中。

編按：本次專輯使用的版畫元素，是由安魂工作隊在各地工作坊的學員所創作，特別感謝安魂工作隊李佳泓、林傳凱的協助。

頁5 李鍾思婷
頁9 陳禹熙
頁15 梁嘉真
頁22–23 李佳泓
頁33 賴聖文
頁38–39 蔡艾倫
頁49 陳聖旻
頁57 蔡可迪
頁62–63 王鴻銘
頁69 魏瑄慧、黃佳玉
頁76–77 江明修
頁82–83 郭致君
頁92–93 曹碩恩
頁97 林尚霆
頁98–99 李佳泓
頁108–109 朱芳儀

春山文藝
第二期

Literati
春山文藝
O11

賴香吟專輯｜國家與小寫的人

總編輯 莊瑞琳
責任編輯 夏君佩
行銷企畫 甘彩蓉
視覺統籌 王小美
攝影 Achim Plum
版畫 安魂工作隊

出版 春山出版有限公司
116 臺北市文山區羅斯福路六段 297 號 10 樓
TEL 02-2931-8171　FAX 02-8663-8233

總經銷 時報文化出版企業股份有限公司
桃園市龜山區萬壽路二段 351 號
TEL 02-29066842

製版 瑞豐電腦製版印刷股份有限公司
初版 2020 年 9 月
定價 420 元

填寫本書線上回函

國家圖書館出版品預行編目 (CIP) 資料

春山文藝 賴香吟專輯｜國家與小寫的人
春山出版編輯部 策劃
初版　臺北市　春山出版
2020.09　面　公分　（春山文藝；11）
ISBN 978-986-99072-8-6（平裝）
1. 臺灣小說　2. 文學評論
863.27　109010897